JN304308

胸の振子

妻は、くノ一　8

風野真知雄

角川文庫
16401

目次

序　やすらぐ酒場と、謎多き海

一

近所の者でさえ、その店がいつできたのかと訊《き》かれると、よくわからなかった。十一月中にはあったと言う者もいれば、いや、師走《しわす》に入ってすこし経ってからだと言う者もいた。気がついたら、そこは小さな飲み屋になっていた。

神田明神《かんだみようじん》のすぐ近くである。大通りを外れた、路地よりはいくらか広い程度の道に面している。人の通りも多くない。

この店には、提灯《ちょうちん》もなければ、のれんもない。軒下のところに、かまぼこの板くらいの看板が釘《くぎ》で打ちつけられ、〈浜路《はまじ》〉と書いてある。

そのたたずまいのことを聞くと、逆に恐ろしく高級な、名の知れた人たちの隠れ家のような店と勘違いする人もいるが、そんなことはまったくない。ごく庶民的な、ざっかけない飲み屋である。

「あまりたくさんお客に来られても困っちゃいますし」

とは、女将《おかみ》の弁である。

早くも常連になった男が、

「何言ってやがる。儲《もう》かりたいくせに」

そう言うと、

「あら、そんなことおっしゃるなら酒代を上げさせていただくわ」

「おい、冗談だよ」

逆襲に遭ってしまう。

女将は五十ちょっとといったところか、歳相応にふっくらしている。だが、昔はかなりの美人だったろうと思わせる。

ただ、客がこの店に引き寄せられるのは、その美貌《びぼう》のためではない。美貌だけで言えば、江戸にはもっときれいな人はいくらもいるし、それに若さが加わった飲み屋の女将だって少なくない。

〈浜路〉の女将の人気の秘密は、自然ににじみ出る、ほっこりしたやさしさにあった。それほど話術が巧みなわけではない。

それでも、ときおりうなずきながらつぶやく相槌《あいづち》がじつに微妙に客のツボを押してくれるのである。

「まあ、大変ねえ」

「あんまり気にしちゃ駄目よ」

「お互い、明日も頑張りましょ」

女将のそんな言葉が聞きたくて、客はまたぞろ、この飲み屋を訪れてしまう。

今宵《こよい》、そんな〈浜路〉の前の道を、道に迷ったような顔で歩いている男がいた。

この男、こんなうらぶれた町をさまよい歩くような身分ではない。

千代田《ちよだ》のお城に勤めるれっきとした武士である。将軍が日常の暮らしを送る中奥に詰める仕事、いわゆる中奥番をしている鳥居耀蔵《とりいようぞう》であった。

「どうもこのところ、わしの評価が低い気がする……」

と、鳥居は歩きながらつぶやいた。

中奥に入ったばかりのときは、切れ者という言葉がしょっちゅう耳に届いた。

「そなたか、切れ者と評判なのは」とか、「刀も人も切れすぎると自分が怪我をするぞ」などと言われたりした。

なんせ、和漢の書物で目を通していないものはほとんどない。数字にも強い。弁も立つ。自分でも、自信があった。

だが、近ごろはあまり聞かない。

それどころか、廊下の隅でこんな話をしているのも、耳にしてしまった。

「鳥居というのは、かつて起きたことを批評するのはうまい。だが、次にやるべき具体的な策はほとんど出てこない」

上役の一人がそう言っていた。

――馬鹿だな。

と、鳥居は思った。過去に倣えばいいだけの話ではないか。過去を知らずして、次などあるわけがないのだ。

そうは思っても、この陰口は鳥居を落胆させた。

今宵は用事があって、湯島《ゆしま》の聖堂に来ていた。だが、気が滅入《めい》って、家に帰る気がしない。

――ああ、慰められたい……。

と、鳥居は強く思った。あの菩薩《ぼさつ》の笑みで。

もちろん、菩薩はすでに墓の中である。だが、蘇《よみがえ》った菩薩がいる。

このあたりで見かけた。半月ほど前のことである。なぜ、後をつけなかったのか。

歓喜のあまり、ぼんやりしてしまったのだ。

聖堂の前の坂を本郷《ほんごう》のほうへ上って行った。

鳥居は力のない足取りでそっちに向かって歩いた。

そのまままっすぐ行ったかそれとも右に折れて、湯島天神のほうに向かったか。

右に折れてみた。

しばらく行くと、飲み屋があった。

鳥居はふだん、一人で町の飲み屋に入るなんてことは、この何年したことがない。からまれて必ず嫌な思いをするのがわかっているからだ。

客がほかにいないときを見はからって入ったこともある。そんなときは緊張感からかいつも悪酔いをして、路上で吐きながらのたうちまわったりする。すると、それを待ち構えていたかのように、地回《じまわ》りだの浪人者が現れて、金をせびられたりした。

だから、外で酒を飲むことはやめていたのである。

この晩はおかしかった。何かが呼んでいるような気がした。

本当なら、まもなくおこなわれる重要な会合のために、早く家に帰っていくつかの文書に目を通しておくべきだった。

江戸湾に奇妙な船が出現したのである。乗組員は誰もおらず、水の上でよく船のかたちを保っていられたものだと思うくらい古びていた。この江戸湾に入ってきたこと自体が、よちよち歩きの子どもが初めてのお使いに行ってもどってこられたくらい不思議である。

あれぞ、まさに幽霊船であった。

しかも、その船を大川《おおかわ》の河口にある御船手組《おふなてぐみ》の役所まで曳《ひ》いて来たところが、船体に書かれた文字を発見したのである。

「松浦丸《まつら》」

と、そう書かれてあった。

まさに松浦静山《せいざん》の船ではないか。

あの怪しい海賊大名の、ついにその尻尾《しっぽ》を摑《つか》んだに違いないのだ。

おそらく密貿易のためにつくった船なのだ。船中をくわしく調べれば、海外の品物などが見つかるかもしれないと期待した。

だが、船からは何も出なかった。呪《まじな》いの道具のような、おかしなかたちをした革の袋と、しゃれこうべが数個あったきりだった。

それなら、静山を問い詰めればいいのだ。どんなにしらばくれようが、やましいところがあれば必ず尻尾を出す。

なんなら拷問に近いようなことをしてもいい。

ところが、お庭番の川村真一郎《かわむらしんいちろう》は乗り気ではなかった。あまりにも手がかりが乏しすぎるというのだ。

言われてみれば、そんな気もする。だとしたら、松浦静山の喚問を強く求めたのは失敗だったのだろうか。

鳥居はますます不安になってきた。

いざとなれば、「上さまがご興味を抱かれたようなのでな」という言葉でごまかしてしまうつもりである。誰も文句が言えない天下御免の言い訳。中奥番だからこそ使える言い訳である。だが、これはやたらと乱発はできない。

そんな不安な気持ちでいるとき、そのまだ新しい縄のれんを目の前に見たのだった。

――酔いたい。

という誘惑に負けた。

初めて見たその店のたたずまいに、吸引力のようなものを感じたのである。

――もしかして、もう一度、あの蘇った若い菩薩に出会えるのではないか。

女の胸元をのぞくように、そっとのれんを分けた。

「あら」

女将と目が合った。

似ていた。いや、顔立ちは似ていない。歳は雅江《まさえ》と同じくらい。神々しいほどだった雅江の笑みには及ばないが、それでも親しみやすく、どこか懐かしさの漂う菩薩の笑みがそこにあった。

二

それから三日後――。

小雪が散らつき、震え上がるような寒い日だった。

ここは、霊岸島《れいがんじま》の南端にある御船手組の役所である。

元平戸《ひらど》藩主松浦静山は、若い武士の案内で河岸へと降りた。ゆっくりと歩みを進める。これから、さすがにはっきりとは言わないが、喚問が始まるのである。静山のあとから二人の武士もつづいた。

「これです」

と、若い武士がその襤褸《ぼろ》船を指差した。

「うむ」

静山の前には、白く煤《すす》けて、いまにも崩れ落ちそうな船が係留されていた。冷たい師走《しわす》の風がまた、この船の落魄《らくはく》ぶりをいっそう際立たせていた。

「どうです、松浦どの？」

と訊《き》いたのは、御船手奉行の向井将監《むかいしょうげん》だった。

見ているのは、船体の腹に書かれた文字である。それはもう、霧の中の白い帆のように薄れてしまっている。

松浦丸という漢字が見えているはずである。だが、松の字は薄れて杉という字に見えなくもない。同様に、浦の字もよく見えない。違うと強弁すれば、それで通る可能性もありそうだった。

だが、静山はすぐに、

「おお、これぞまさしく、わが松浦丸ではないか」

と、言った。

「お認めになるのですな？」

「まぎれもなく」

静山はうなずいた。

向井将監は、隣りにいた中奥番の鳥居耀蔵と目を合わせた。二人とも意外そうな表情だった。おそらく静山は認めないだろうと、そう予想していたようだった。

静山はひさしぶりに松浦丸を見ていた。

ひどい朽ち果てぶりだが、じつはもともと襤褸船だった。

これに静山自らも乗り込んで、外海まで漕《こ》ぎ出すと、伴走した船に乗り移って帰って来た。あのときの潮流だと、長州《ちょうしゅう》や若狭《わかさ》、さらには越前《えちぜん》あたりまで流れていくはずだった。

当時はまだ、幽霊船貿易というはっきりした計画はなかった。ただ、海外に対して臆《おく》したように門戸を閉ざし、平戸の船についてもうるさく言ってくる幕府の鎖国政策を、からかってやろうというくらいの気持ちだった。

それがあろうことか江戸湾に出現したとは……。

「なぜ、このような船を？」

と、向井将監が訊いた。

「まぎれもなくわが松浦丸。ですが、これは異な。これは解《げ》せぬ。この船は、いまを去ること三十年前、上さまへの献上品を山のように積んで、平戸の港を出帆したのです。乗組員二十四名。そのうち藩士七名、水夫《かこ》十七名。その者たちはいずこにおわしましたか？」

「どこにもおらぬ」

「なんと、どこにも……」

静山の身体が揺れた。

「ただ、しゃれこうべが数個」

「しゃれこうべが？　それだけが？　では、上さまに献上した膨大な荷も？」

「それもない。船にあったのはこれだけだ」

と、すでに取り出しておいた勾玉《まがたま》のかたちをした革の袋のようなものを見せた。

「まるで呪いの道具のようでござるな」

向井将監は、そうも付け加えた。

「おお、なんと枕だけが」

静山は驚いたように言った。むろん、嘘である。当時、平戸城界隈《かいわい》の土中から発見されていた奇妙な勾玉のかたちを模して、悪戯《いたずら》のつもりで入れておいたのである。同じく出土したしゃれこうべといっしょに。

それらは、この襤褸船をさらに不気味なものに装うはずであった。

「枕ですか、これは？」

「古き世を夢見るための枕。わたしはそれで、しばしば天の岩戸から顔を出す女神の夢を見ました」

そう言って、内心でペロリと舌を出した。

「枕とは思わなかった」

「なんと奇怪な……」

と、静山は数歩、前に出た。それから海に向かって大きく手を広げ、

「海よ。あなたは……」

朗々たる声で始まった。

「何もかも飲み込んでいく途方もなく大きな度量の中で、どうしてそのように、ま

るで悪意のごとき小さな悪戯をなさるのでしょうか。

わたしは、わが松浦丸が船出した日のことを、まるで昨日のことのように覚えています。朝の潮風に、少年のたもとのように初々しくひるがえった帆よ。波に咲いた花のように清らかに、わたしに向かって手を振った家臣たちよ。

それから三十年。あなたは突然に、わが松浦丸をお返しくださいました。そのみすぼらしく、哀れな姿といったら。

帆はどうなさいました。家臣たちをどこに隠しました。

目や耳をふさぎ、頭《こうべ》を低くして、ありがたく受け取れとおっしゃいますか。

わが松浦丸は、あなたにも見捨てられ、思い出もなく、夢も捨て、わたしから多くのものを奪って、おめおめとたどり着いたのでしょうか。それとも、最後の別れを告げるため、見せたくもない姿をさらしたというのでしょうか。

あなたはまたしても牙《きば》を剝《む》いたのでありましょう。雄たけびをあげながらわが船を揺さぶり、高歌放吟しながら荷や人を放り投げ、嘲笑《あざわら》いながら沖へと引きずり込んだのでありましょう。海よ、あなたは……」

そう言いながら、静山はおかしな手つきまででした。まるで天から太い綱が降りてきていて、それを引っ張るような手つきだった。

目の前の海に潮騒はなかった。耳を澄ますように黙りこんでいた。

「ああ、わかっております。夢や切なる思いは、いつも心ならずもさまようのでありましょう。さながらそれは、後ろめたき悪の使いでもあるように、病んで散り落ちた枯れ葉のように、あるいはこの世が果てしない迷宮としてつくられているかのように。それが、夢や切なる思いの行く末なのでありましょう」

そこまでいっきに話すと、がくりと膝《ひざ》をついた。

「大丈夫か、あれは？」

と、向井将監が鳥居にそっと訊いた。

「なあに、役者でも気取っているのでしょう」

と、鳥居耀蔵は冷たく言った。

「しかも、海よ。あなたの仕打ちは一度や二度ではございませぬぞ。わたしにそれを語らせたいというのですか。平戸藩史に残る海難の記録を。語ればすなわち、嘆き。すなわち、あなたへの呪詛《じゅそ》。いいや、わたしは語りませぬぞ。じっと耐えていきますとも。さすればあなたはおっしゃるのでしょうか。それが海の民、松浦一族の定めであると。

したが、あなたはお忘れである。船に乗り込むのは海の民ばかりではないのです。大地を耕す者、木を削る者、商いに駆け回る者、地の民、森の民、山の民もまた、わが家臣となって船に乗り込むのです。その者たちに何の罪がありましょう。罰は何ゆえにかくも厳しいのでしょう。

海よ、あなたは。

わが船を返してくださった。遠く三十年の歳月を経て。だが、わたしはもはやあなたをあがめませぬぞ。ことほぎもしませぬ。むしろ神や仏にあなたへの仕返しを祈りましょう。いつかあなたが、亀の甲羅のように干からびますようにと。もう一度、心の底からわめきますぞ。なぜ、二十四名のわが家臣を返してはくださいませぬかっ！」

静山の目から涙がこぼれ落ちた。こみあげる嗚咽《おえつ》に声が震えた。

いつの間にか、静山たちの後ろには、御船手組の同心たちが七、八人ほど集まってきていた。

静山の話が終わると、ある者は深くうなずき、またある者はそっと涙をぬぐった。海への思い。愛しながらも、その海がときおり剝く牙の怖さにも、多くの夢を奪い取る酷《むご》さにも、共感するところはあった。

つまりは、彼らもまた、静山の言葉に胸を打たれていた。亡くなった者たちの本望を嚙《か》みしめていた。

向井将監は、そんな自分の部下たちをちらりと見て、

「たしかに、どこにも矛盾はありませぬな」

と、言った。

「矛盾などあろうはずがありませぬ」

と、静山はうなずいた。

「わたしも静山殿のお気持ち、わかります。いや、これは海と身近に接する者でないとわからぬものかもしれませんな」

向井将監はそう言って、鳥居耀蔵をちらりと見た。海とは縁もゆかりもない男。出世のためなら海ですら牢《ろう》に入れようとする男。向井が鳥居を見る目つきは、さっきよりずいぶんと冷たかった。

「じつはな、松浦殿、外海での話なのだが、長崎に入った清国《しんこく》の船がやはり幽霊船を見かけたという話がある」

と、向井将監は言った。

「ほう」

「そのほかにも壱岐《いき》の海でも漂う船が目撃された。船体には、〈天竺丸《てんじくまる》〉という名も書かれてあったそうだ。これには幕府の船が隣接し、中を調べたりもした。こちらは人の気配があったというのだ」

「なんと」

「魚の新しい骨が落ちていたり、船室がつい昨日まで使っていたみたいにきれいだったりしたらしい。だが、船内を隈《くま》なく調べても、人っこ一人見つからない」

「まさに幽霊船でござるな」

「松浦殿は、さきほどほかにも難破した船があったとおっしゃったが……」

「わたしの船がすべて幽霊船になって海上を漂っていると？」

「いや、そんなことはありえぬわな」

と、向井将監は自分の思いつきに苦笑し、

「じつは、わたしもいままでに八人、海で部下を亡くしました」

「そうでしたか。哀悼の意を表します」

静山は頭を垂れた。

「深謝します」

と、向井はつぶやいた。

「お互い、つらい思いを……」

静山はもう一度、袖《そで》を目にあてた。

「これで、いかがかな、鳥居殿？」

向井将監は、後ろを見て、

「このたびは、この鳥居殿がとくに熱心に海上の不審なことを調べつくすようにと幕閣に進言なさったとのことでな。松浦殿のことは何としても問いただすべきだと、ご老中たちに説いてまわられたとか」

と、言った。

いきなり呼ばれて鳥居は焦ったらしく、

「いや、わしは松浦殿がどうこうというより、徳川《とくがわ》のお家を案じてのことだからな」

真っ赤な顔になってそう言った。

「もちろん、そうでございましょう」

と、静山はゆっくりうなずいた。

「すべて納得したわけではないので、今後も調べはつづけさせてもらう。その旨、承知しておかれるよう」

鳥居はそう言うと、一足先に河岸を上って行った。

どうやら喚問はひとまず終了したらしかった。

静山はその後ろ姿に、

「わかりました」

と、笑みを浮かべてうなずいた。

「いかがでした、御前？」

駕籠《かご》のわきに控えていた雙星雁二郎《ふたぼしがんじろう》が訊《き》いた。

「うむ。うまくいった。しかも、御船手組の話では、わしらが出した船はちゃんと目撃されている。天竺丸には船を寄せて調べたが、人の気配はあっても誰もいなかったと言っておったぞ」

「あの船は床が二重になっていますからな。いざとなれば、皆、そこに隠れるだけです。じつにうまくできています。ばらばらにでもしなければ、絶対に見つかりませんよ」

「うむ。そろそろ清国から物資を持ち帰ってみてもいいかな」

「そうしましょう。それにしても、御前のお答えは見事なものでしたな」

雙星雁二郎が褒めると、静山はひどく照れたような顔でこう言った。

「どうもああいう芝居を打つと、わし自身のほうが、あいつらよりよっぽど悪党のように思えてくるのさ」

第一話　おきざり

一

雙星彦馬《ひこま》は、手習いの師匠をしている法深寺《ほうしんじ》から、妻恋町《つまごいちょう》の長屋にもどる途中だった。子どもの親が挨拶《あいさつ》に来たりしたので、ずいぶん遅くなってしまった。すっかり腹も減った。にゃん太もさぞや腹を空《す》かしているだろう。もっとも、にゃん太は腹が減ったなら、そこらのお上品な猫たちから餌をぶんどってくるような、逞《たくま》しい猫なのだが。

——ん？

角を曲がると、冷たい風の向こうに人だかりがあった。近所の人たちらしく、湯屋の帰りだったり、買い物の豆腐が入った鍋《なべ》を持っていたりする。この町内の番屋の提灯《ちょうちん》も見える。

「何か、ありましたか？」

すぐ近くにいた人に訊いた。

「あれだよ」

と、指差しただけである。

「はあ、あれねえ」

彦馬もつい、のぞいてしまった。

何ということはない。駕籠がおきざりになっているだけである。

すだれは上がっているが、中に客はいない。

前のほうで見ていた三人組が話をしている。

「客も担ぎ手もいなくなったてえのは、辻斬《つじ》りだろう」

「でも、死体はないみたいだぜ。血の痕《あと》も見当たらねえよ」

「じゃあ、そこまで物騒じゃなくても、ただの追いはぎでも出てきたんだよ」

「いま、奉行所から人が来るってさ」

これが街道筋なら、とくに怪しむ者もいないかもしれない。だが、江戸の市中で商売道具をおきざりにしていなくなる者はあまりいない。

しかも、駕籠かきが持つ杖《つえ》が二本、散らばって落ちている。いかにも慌てて逃げ出したといったようすなのだ。何かしらの異変はあったに違いない。

彦馬はしばらく黙って聞いていたが、

「やっぱり、この寺に来たんでしょうね」

と、目の前の山門を指差した。

〈大竜山京全寺《たいりゅうざんきょうぜんじ》〉と書いてある。

大きな寺である。ここも法深寺と同じく禅宗ではなかったか。

ふと、閉じられていた山門の扉の、横のくぐり戸が開いた。

「どうかなさいました？」

坊さんが不安げに顔を出した。彦馬と同じくらいの歳か。大きな寺だから住職ではないだろう。

「いえね、駕籠がおきざりになってましてね」

と、番屋の提灯を持った番太郎が答えた。番太郎は四十くらいで、ひどく痩《や》せて、頼りないくらいである。

「はあ」

「こちらのお客ですか？」

「いいえ、違いますね」

と、坊さんは首を横に振った。

門の向こうのほうでは、小坊主らしい「布袋《ほてい》さまじゃないですか？」などという声がした。「いいんだ、いいんだ」と、誰かがその声に答えていた。

そこへ、町方の同心が小者《こもの》とともに駆けつけてきた。

「辻斬りだって」

慌てたように言ったのは、彦馬の友人でもある南町奉行所の同心、原田《はらだ》朔之助《さくのすけ》だった。原田はいつも慌てているような感じがする。

「いや、そうと決まったわけではねえんですが」

と、番太郎が気まずそうな顔をした。

「何だ、雙星もいたのか」

「通りかかっただけだよ」

「この駕籠か」

「はい」

と、番太郎が答えた。

町方の同心の顔を見ると、寺の坊主は、関わるのはご免だというように気のない会釈だけして、そそくさとくぐり戸を閉めた。門前町と名のつくところは、町方ではなく寺社方の管轄になっていたりして、ややこしかったりするが、ここは門前に町はない。

「どれくらい、ここにあるんだ？」

と、原田が番太郎に訊いた。

「最初に見つけたのはその婆さんなんですが、それから半刻《はんとき》近く経ちますか」

小柄な婆さんが、幽霊でも見たような顔でうなずいた。

「ふうむ」

原田は周囲を見回した。

大きな寺で、山門の左右はなまこ壁の塀がつづいている。

道の反対側は表通りまでつづく商家の裏手になっていて、黒板塀が立ちはだかっている。その隣りは建て替えでもするのか、空き地になっていた。

ちょっと離れたところに止めたなら別だが、寺の客で門の真ん前に止めたと考えるのが自然だろう。

「ここは寺しかないだろ？」

と、彦馬が原田に言った。

「そうだよな」

「でも、ここの坊さんは違うってさ」

「ふうん」

寺の中のことに町方は介入できない。よほどのことがあり、協力体制が取られたなら別だが、駕籠《かご》がおきざりにされたくらいでは難しい。

「あれじゃないんですか？」

と、近所の人が言った。

「あれって何だ？」

「ほら、なんだか影の薄い人がどこどこまでと言って、いざ乗せてきたら、ちょっとお金を忘れてと中に入るんです。いつまでももどって来ないので、その家の人を呼び出すと、それはうちの死んだ娘だと」

怖そうに言った。

「うわぁあ」

と、近所の娘が悲鳴みたいな声を上げた。

だが、原田の言いぐさは冷たい。

「ばあか。そういうときは、実家に行くんだろうが。なんで、幽霊がわざわざ寺にこれみよがしに駕籠で乗りつけるんだよ」

「はあ、すみません」

「この駕籠は、番屋にでも持っていくか？」

原田は駕籠を蹴《け》るようなしぐさをしながら言った。

「え？」

と、番太郎は怯《おび》えた顔をした。

「なんだよ？」

「万が一、お化けの乗り物だったら」

「だったら、何だよ？」

「お化けが取りに来ます」

そう言ってがくがく震え出した。

「駄目だ、こいつは。ま、いいや。もうすこし置いておくか」

そう言ったとき、向こうから男が二人来た。

「ん？」

原田は鋭い目で男二人を見た。

がっちりした身体つきの男たちである。

「これはおめえたちのものか？」

「いいえ、違いますよ」

急ぎ足で通り過ぎようとする。

「おめえら何してるんだ？」

「二人でいっぱい引っかけて、旅籠《はたご》町の長屋に帰るところでさあ」

「む」

通る者をいちいち捕まえていてもきりがない。原田は顎《あご》をしゃくって二人を行かせた。

「たぶん、駕籠かきもあいつらみてえに、そこらでいっぱい引っかけてるだけなんだろうがな」

と、原田は自信なげに言った。

「偉い人が乗って来ていて、なくなったとか騒がれても面倒ですしね」

と、番太郎は追従笑《ついしょう》いをしながら言った。何としても番屋には持って行きたくないのだろう。

「そうだな」

「じゃあ、あっしもときどきは見に来るようにしますが」

「おう、頼んだぜ」

原田は野次馬たちに帰るよう、手を払うようにした。たいしたできごとではないと判断したらしい。

「雙星、いいところで会った」

原田の顔が急に嬉《うれ》しそうになった。

「何が？」

「近所にいい店ができたんだ。飲みに行こう」

「いや、わたしはやめておく。そんな余裕もないし」

「おごってやるよ。安い店なんだ。でも、女将《おかみ》に妙な魅力があって、そこで飲んでると癒《いや》されるんだよ。付き合えよ、たまには。一杯でいいから」

しつこいのはいつものことだが、今日はなんだか哀れっぽくて、このまま帰ったら、気が咎《とが》めるくらいである。このところ、新造とは喧嘩《けんか》ばかりしていて、家にいたくないのもわかっている。

「しょうがないな。じゃあ、一杯だけだぞ」

二

「ここだよ」

と、原田は軒下の看板を指差した。女文字で〈浜路〉と書いてある。

「こんな場末の飲み屋をよく見つけるもんだな」

「なあに、おいらたちの仕事は江戸の隅々まで歩くことといってもいいくらいなのさ」

「たしかにそうかもしれないいな」

と、彦馬は納得した。それに、ここは共通の友人である西海屋《さいかいや》千右衛門《せんえもん》のところから彦馬の長屋に行くときに通る道である。ふらりと立ち寄ってもおかしくはない。

もっとも、彦馬はこんな飲み屋ができていたことはまったく気がつかなかったのだが。

原田とともに初めて〈浜路〉ののれんをくぐった。

「よう、女将」

「あら、原田さま」

女将が微笑んだ。なるほど笑顔は感じがいい。

原田は調理場が見える縁台に座った。

中はそれほど広くない。畳敷きもなく、土間に縁台が二つと、太い木を横に切ったただけの腰かけがいくつかあるだけである。無理やり詰めても、十二、三人も入ったらぎゅうぎゅう詰めになってしまうだろう。

先客は多くない。縁台ですでにできあがって眠りこんでいるのが一人と、奥の腰かけでじっとこっちを見ている男が一人いるだけである。

「この前、連れて来ると言った男だよ。面白い男なんだ」

と、原田が女将に彦馬を紹介した。

「何が面白いんだか」

と、彦馬は苦笑した。どうせ、ろくなことは言われていない。

「いらっしゃいませ。どうぞ、ごひいきに」

女将は首を斜めに傾けるように挨拶《あいさつ》した。愛嬌《あいきょう》はあっても、色気を売りにした商売ではなさそうである。

「雙星と言います」

「雙星さん？　変わったお名前ね」

女将がそう言うと、

「こんなに若いのに、もう隠居したんだ。だが、平戸藩士だぜ」

と、原田がわきから余計なことまで言った。

平戸という言葉に、奥の先客がじろりと大きな目を向けてきた。

「そうですか。平戸というと、四国でしたっけ？」

「なんだよ、女将。そんなことも知らねえのか。九州だよ。ずうっと遠くで、もうすこし行くと、そこは天竺《てんじく》だ」

「やあね。原田さまったら冗談ばっかり」

女将は軽く相手をし、酒と肴《さかな》のしたくをした。

酒は熱燗《あつかん》。肴は豆腐と鯛《たい》の切り身をいっしょに煮たものだった。味も特別うまいというほどではないが、おかずにしたら飯が進みそうである。

「原田さま。さっき、そこのところを走って行ったでしょ？」

と、女将が訊《き》いた。

「なんだ、見てたのか」

「何かあったの?」

「たいしたことじゃねえ。そこの京全寺の門前に駕籠《かご》が置き去りになっていて、辻《つじ》斬りじゃねえかと言うもんだから駆けつけたのさ」

「まあ、怖い」

「なあに、辻斬りのわけがねえ。大方、駕籠屋がそこらに飲みに行っただけだよ」

と、原田が鯛の身を口に運びながら言った。

「そうかなあ」

と、彦馬は言った。

「何だよ」

「わたしは、何か変なことがあったのは確かだと思うな。駕籠や杖《つえ》の捨てられかたが、ふつうじゃなかったぞ」

「まあな」

「それと、あのとき門のところに来た坊さんは、後ろめたいような顔つきだったし、あとから二人組が来たけど、飲んでいたというわりには、酒の臭いはまったくしなかった」

「ほう。雙星、おぬし、だんだん同心みたいになってきたな」

「からかうなよ」

「だが、たいしたできごとじゃねえだろう？」

「それはわからんさ」

「じゃあ、あとでもう一度、行ってみるか」

　一杯だけという約束だったが、やはりそうはいかない。

　原田は銚子《ちょうし》三本、彦馬は一本だけ飲み終えて外に出た。

　妻恋坂を登り切り、角を二つほど曲がって寺の前に来ると、ちょうどさっきの番太郎がこっちに来るところだった。

「よう、どうした？」

「大変です。駕籠がありません」

「どおれ？」

　門前に行くと、なるほど駕籠はなくなっていた。

「四半刻《しはんとき》前にも見に来て、そのときはあったのですが」

「ふうん」

　杖もいっしょになくなっている。

「申し訳ありません」

　番太郎が泣きそうな顔で頭を下げた。

「なあに、どうせ駕籠かきがもどって来て、持ち帰ったに決まってるよ」

原田は酔ってきたこともあって、鷹揚《おうよう》な態度でそう言った。

浜路は最後の客を送り出したあと、土間の腰かけに座り、煙草の仕度をして、一服した。鼻から煙が出たりするとみっともないので、客の前では吸わないが、煙草は大好きである。できれば日がな一日、吹かしていたい。

酔っ払いの相手は疲れることだった。

これが本当の仕事だったら、自分にはとてもやっていけないとも思った。演じているからやれているのだ。飲み屋の女将に化けるのは初めてだった。いろいろ考えてみたが、周囲までくわしく調べ、確実に織江《おりえ》をしとめるには、これがいちばんよさそうだった。

今度の芝居については、あの雅江のしぐさや表情をずいぶん参考にした。雅江のなにげない態度には、男をうっとりさせる何かがあった。

あの感じを長州で演じてきた産婆に合わせると、嫌らしくなる。江戸の飲み屋でやってこそ、雅江の女臭さはうまく嵌《は》まるはずだった。

それが、成功しているのは、さっそく常連になった鳥居の表情を見ていればわかることだった。

疲れたけれど、今日は収穫があった。まだ、確証はないが、おそらく織江につながる重大な糸口になる気がする。

町方の同心である原田朔之助が連れて来た雙星という若い男である。

平戸藩士。

この近所に住んでいる。

そしてなにより、あの男は雅江の好みの男によく似ていた。

浜路は、宵闇順平《よいやみじゅんぺい》と、呪術師寒三郎《じゅじゅつしかんざぶろう》の敗北を伝えられたとき、

――あの二人が敗れた……。

と、驚愕《きょうがく》した。だが、そう不思議はないかもしれない。あの二人は、自分の腕に自信を持ち過ぎていた。だから、敗れたのだ。

ただ、二人はその死によって、織江はこのあたりにかならず出没することを示してくれた。

出没する理由があるのだ。それこそ、あの雙星という男がいるためではないのか。

織江は昨年の夏、平戸に潜入した。そこでは、藩士の誰かの嫁になり、藩の内情を探って、江戸に帰って来た。

それからしばらくして、お庭番を抜けた。

母親の雅江も情に弱い女だった。そして、娘もまた……。

――焦ってはいけない。

忍びの体術を比べれば、宵闇順平や呪術師寒三郎にはかなわないかもしれない。

だが、自分にはあの二人になかったものがある。

——それは、女のずるさ……。

浜路はにやりと笑った。

三

翌朝——。

彦馬が手習いを教えるため、本郷の法深寺にやって来ると、母屋《おもや》のほうで祥元和《しようげん》尚がしきりに首をかしげていた。

「どうしました?」

と、彦馬は声をかけた。

「おかしいのさ」

「何が?」

「昨日の昼、檀家《だんか》の者がこの上がり口に皿が十枚ほど入った木箱を置いていったんじゃが、どこにも見当たらないんだ」

「皿が?」

「まあ、片づけておかなかったわしが悪いんじゃがな」

「高価なものなんですか？」

「そうらしい。わしはそんなものは要らんと言ったのだがな。なんでも買えば二、三十両はくだらないとぬかしておった」

「こっちの玄関口は、出入りは少ないですよね」

と、本堂のほうを見ながら言った。

こちらは和尚や小坊主の住まいになっていて、本堂をはさみ、向こう側に彦馬が手習いの師匠をしている部屋がある。葬儀や仏事の客は本堂の玄関口を使い、手習いの子どもたちは向こう側の小さな出入り口を使う。こっちの玄関は、和尚の直接の客が出入りするくらいである。

「そうじゃな」

「昨日も？」

「いや、ほかに年寄りが何人か墓参りに来ていて、そのとき出入りはあったな」

「ふうん。年寄りは歩いて来たんですか？」

「歩いて来たのもいれば、駕籠《かご》で来たのもいた」

「駕籠ねえ」

腕組みをすると、達磨《だるま》さまと目が合った。

玄関のわきに達磨さまを描いた大きな掛け軸が飾ってあるのだ。この達磨さまがまた、やけに恐い顔をして、こっちをじろりと睨《にら》みつけている。

祥元和尚も小太りで目がぎょろりとして、達磨さまによく似ている。子どもたちが、「達磨さんが転んだ」という遊びを、「和尚さんが転んだ」と言い換えて遊んでいるくらいである。だが、迫力となると、本物にはかなわないかもしれない。

「泥棒ですかね」

と、彦馬は訊《き》いた。

「どうだろうな」

と、和尚も首をかしげた。泥棒だったとしても、この和尚は騒ぎ立てたりすることはないだろう。

和尚が口をつぐめば、町方はまったく介入できない。寺社方には悪事を取り締まる人員などはほとんどいないらしい。

それでも彦馬は何か気になる。

昨日の置き去りにされていた駕籠とのつながりである。ここと、あの寺とは、すぐ近所と言ってもいいくらいなのだ。

と、そこへ――。

原田朔之助がやって来た。小者を一人連れているので、市中見回りの途中なのだろう。小者は庭石に腰を下ろして休んでいた。

「よう、雙星」

「どうしたんだ？」

「昨日、おぬしがもしかしたら悪事に関係があるかもしれないって言ってただろ。なんだか気になってな」

「とくに根拠のある話じゃないぞ」

「うん。朝っぱらからさっきまであのあたりでいろいろ訊き回っていたんだがな。駕籠がおきざりにされたあたりで、男の悲鳴を聞いたというやつが出てきた」

「男の悲鳴を？」

「ああ。申し訳ありませんとも言ったらしい。それから、凄《すご》い勢いで駆け出して行ったんだと。ちらっとだけ姿が見えたが、二人づれだったそうだ」

「駕籠屋の二人か？」

「そうだろう」

「ふうむ」

と、雙星は考え込んだ。駕籠屋などというのはいちがいに決めつけたらまずいが、たいがいは力のある、荒くれ男が多い。火消し衆みたいに、身体中に彫り物をしている連中もいる。

　それが悲鳴を上げただなんて、よほど恐ろしいことでも起きたのか。

「駕籠の客はどうしたんだろう？」

　と、彦馬が訊いた。

「それなんだ。あの前には、寺しかなかっただろ？」

「うん」

「駕籠屋を怯《おび》えさせて、寺の中に消えたってのはどうだ？」

　と、原田は言った。

「そういうことになるのかなあ。あ……」

「どうした、雙星？」

「あのとき、門の中で小坊主みたいな声で、布袋《ほてい》さまって言うのが聞こえたんだ」

「そういえば、聞こえたな」

「なんで、寺の中に布袋さまがいるんだ？」

「え？」

「布袋さまは七福神だろう。仏さまとは違う」

　布袋は神さまのほうで、寺の隅に七福神の祠《ほこら》があるならともかく、たいがいは神社にある。じっさい、京全寺には七福神は祀《まつ》られていないはずである。

「そうだよな。どうなってるんだろう」

「それと、じつはこの寺でも変なことがあった」

と、彦馬はいまいる玄関を指差した。

「変なことって何だよ？」

彦馬は、消えた皿のことを語った。

「じゃあ、その駕籠屋が盗んだかもしれねえな」

「盗んだというと言葉は悪いが」

あまりそういうふうに決めつけたくない。それに和尚も盗人《ぬすっと》騒ぎなど好まないだろう。

「これは、布袋さまか？」

と、玄関わきの掛け軸を指して、原田が訊いた。

「おい、何度言わせるんだ。布袋さまは七福神で、寺に布袋さまはいないの。これは達磨さまだ」

彦馬はいないと言ったが、じつは神仏混淆《こんこう》の日本では、寺に神さまがいるのはまったくめずらしくない。彦馬はいちおう原則を言ったわけである。

達磨は実在したとされる禅僧である。インドの王子として生まれ、中国に入って、嵩山《すうざん》少林寺で修行を積んだ。禅宗の開祖とも言われる偉い坊さんである。

「似てるな」

「そう言われればな」

描き方にもよるのだろうが、これはよく似ている。布袋は唐《とう》の末期から後梁《ごりょう》に実在した僧侶《そうりょ》だったと言われる。それが七福神の神さまになってしまった。

「そっくりだぞ」

「たしかに」

と、彦馬は考え込んだ。

四

この日の夕方である。

子どもたちを送り出し、手本が買えない子どものため、何部か写本をつくっていると、祥元和尚がやって来た。

「雙星さんよ。今朝、なくなったといっていた皿だが、さっき見たら、玄関口に置いてあった」

「へえ」

玄関口だから見逃したということは絶対にない。おそらく誰かがそっともどしておいたのだろう。

それを見るため、母屋《おもや》の玄関口へ回った。

「これなんだが、どういうことだろうな」

大きな木箱に入っている。思ったより、重いもので、子どもが持ち運びするのは大変である。ということは、子どもの悪戯《いたずら》ではない。

「中身を見せてもらってもいいですか」

「構わんよ」

かけてあった真田紐《さなだひも》をほどいてくれる。

立派な皿である。

十枚あるが、一枚ずつが思ったよりもずいぶん大きい。刺身など、五十人分くらいは盛ることができそうである。法事のときなどに使うのだろう。

どこか、割れたり、欠けたりしているものもない。

絵柄はそれぞれ違っていて、中国の景色を描いている。見たこともない建物や風物が点在し、そんじょそこらの絵師にはとても描けそうもない。

「確かに二、三十両とか言われても納得しますね」

「なあに、割れればただのかけらさ」

いかにも禅僧らしいことを言った。

値段を知って返しに来たのだろうか。

ここから門も見えている。誰でも入って来ることができるし、そっとこれを置いて行くのもかんたんである。

――どういうことなんだろう?

彦馬はもう一度、達磨の掛け軸を見た。


「あら、雙星さま」

彦馬が〈浜路〉ののれんを分けると、女将《おかみ》がにっこり微笑んだ。

「原田は?」

「はい、いらっしゃってますよ」

やはり、ここに来ていた。このところ、毎晩、顔を出すらしい。

「よう、どうした?」

「わかったんだよ、昨夜の駕籠《かご》の謎が」

「嘘だろ」

原田は飲みかけの猪口《ちょこ》を台の上に置いた。

「まだ、本人たちに確かめてはいない。だが、間違いないと思う」

と、彦馬は言った。

「凄《すご》い、雙星さま。教えてくださいよ」

　女将が調理場から出てきて言った。

「いいですよ」

と、言いながら、さりげなく周囲を見た。奥に昨日も来ていた武士が一人いるだけである。

　このあたりの町人に聞かれると差しさわりもあるかもしれない。だが、武士ならば聞かれて困ることもないだろう。

「じつは、ここに来る前に京全寺の小坊主に声をかけて、いろいろと話を訊《き》いてみたんだ。それでやっと話がつながったよ」

「どういうことだ？」

「あの場にはいなかった男が一人いた。そいつは骨董屋《こっとうや》で、そのときは門の裏にいたはずさ。あとは、関わった人は全部、見ている」

「全部？」

「そう。山門の中から顔を出した坊さん。名前は西念《さいねん》というんだそうだ。それと、途中でやって来た二人組のことさ」

「それで？」

「昨日、京全寺には、昼ごろ、たいそう立派な達磨《だるま》の像が運びこまれたんだそうだ。

なんでも、檀家《だんか》の人が町で見かけて気に入ったので、それを寺に寄進することにしたらしい」

「まさか、駕籠で運んだのか？」

「違うんだ。布で包《くる》んだうえで、荷車に乗せ、骨董屋と店の小僧と、それから京全寺の坊さんがいっしょに運びこんだ」

「ふうん」

「ところが、おそらくそのときに失敗があったんだ。京全寺から骨董屋に向かったその坊さんが、達磨さまと布袋《ほてい》さまを間違って運ばせたのさ」

「なんだと」

「ほら、原田が言ったように、達磨さまと布袋さまは見かけがよく似ているだろう？」

「ああ、そっくりだ」

「西念は話だけ訊いて、骨董屋に行き、預かった金を渡して、これをと布袋さまを運ばせてしまった。骨董屋のほうは運んだあとで気がついた。ここは寺なのに、布袋さまを飾るのはおかしい。もしや、達磨さまと間違えたのではないかと」

「馬鹿な坊主だなあ」

原田は自分だって間違えたくせに、手を叩《たた》いて笑った。

「骨董屋から間違いを指摘されたが、すぐ、それを取り換えに行くことはしたくない。坊さんのありえない失敗が明らかになるからな。住職や檀家に知れたら、物笑いの種にされる」

「そりゃそうだ」

「この西念の見栄《みえ》と、ちょっとした偶然が、今度の騒ぎのもとだったのさ」

と、彦馬はにんまりして言った。

「どういうことだ？」

「骨董屋と西念は相談したのさ。周囲にはわからないよう、夜になってからそっと達磨の像のほうを運んでくればいいと。ただし、また、荷車を押して来たりしたら、同輩の坊主や小坊主などに見つかって変に思われる。それなら、駕籠にこの像を乗せ、そっと寺まで運ぶ。それから、布袋の像をそっと駕籠に乗せ、店まで運んで来る。そういう段取りをつけたわけさ」

「考えたな」

「ところが、段取りをつけたが、まだ面倒はある」

と、彦馬がそこまで言ったとき、

「駕籠屋ね、面倒なのは」

女将がそう言った。

「駕籠屋が？」

原田が首をかしげた。

「そうよ。だって、駕籠屋なんて皆、おしゃべりよ。あの連中の口を封じないと、秘密なんてたちまちばれてしまうわ」

女将はなかなか鋭い。

「そうなんです。それで、骨董屋はなんとか、駕籠屋にもわからないよう、うまいこと目を逸《そ》らさせたりして、達磨の像を駕籠に乗せたに違いありません。骨董屋もそれには同行したでしょう」

「きっと、途中で駕籠の中に話しかけたりもしたんじゃないの？」

と、女将が面白そうに言った。

「ああ、そんなこともしたかもしれません。おそらく重さも、せいぜい若い娘くらいだったんじゃないかな」

「それで、駕籠屋はえっちらおっちら運んだわけだ。だが、なんで寺の前で、あんなふうに駕籠を放り出すんだ？」

と、原田がとっくりを逆さにしながら言った。

「まあ、待て。駕籠は、寺の前に到着した。だが、山門はもう閉まっているし、中まで入るわけにはいかない。そこで、骨董屋はまず、西念を呼びに行ったんだよ」

「うむ。そうするだろうな」

「ところが、中でも都合があったのか、骨董屋のもどりはちょっと遅れたりしていた。そのあいだ、駕籠屋の二人はぼんやり待っているわけだ」

「退屈ですよね」

　と、女将が言った。

「そう」

　彦馬はそこで、猪口の酒を飲んだ。

「話しかけたくなったんですね？」

「たぶんね。なんせ、骨董屋がわきから、話しかけたりしていた。重さからして、上品なお嬢さまみたいなことで話をしたんじゃないかな」

「ははあ」

　と、原田が自分も駕籠の中をのぞきこむような顔をした。

「お嬢さん、お疲れでしょうと。だが、うんともすんとも言わない。大丈夫ですか、気分でも悪くなったんじゃねえですか。もしかしたら、駕籠屋もほんとに心配したのかもしれない。そして、二人はすだれを上げてみると……わっ！」

　彦馬が大声を上げた。

「わっ」

「きゃっ」

原田と女将が同時に悲鳴を上げ、奥にいた武士もやはりびっくりしたらしく、腰かけからひっくり返った。

五

「脅かすなよ」

と、原田が怒った。

「ほんと。心ノ臓が止まるかと思った」

女将《おかみ》が胸を押さえた。

奥の武士は、恥ずかしそうにそっと座り直している。

「いやあ、すまん、すまん。そんなに驚くとは思わなかったんだ」

「なんだよ。化け物がいたわけじゃないだろ。若い娘と思ったら、達磨の像があったから驚いたんだろ？」

「ただの達磨の像でそこまで驚くか？」

「あ、そうか。やっぱりその駕籠《かご》屋が、法深寺から皿を盗んだやつらだったんだ」

原田は膝《ひざ》を叩いた。

「うん。皿はもう、寺にもどったんだがな」

と、彦馬は言った。

「え、何？　そのあたり、さっぱりわからないわよ」

女将が説明してくれというように、前の腰かけに座った。

「つまりね……」

と、彦馬は皿が盗まれた場所を説明した。

そのわきにあった達磨《だるま》の掛け軸。

まるで、眼前に人を睨《にら》んでいるような怖い顔をしていた。

罪の意識があれば、その掛け軸の達磨のことは、頭の隅にこびりついていたに違いない。

「そこへもって、駕籠の中に達磨さまが座っていたのね？」

「そういうこと」

「そりゃあ、驚くわよねえ」

女将は大きくうなずいた。

「そうか。近所のやつが、申し訳ありませんという声や悲鳴を聞いたのも、そういうことか」

原田もようやく、そこがわかったらしい。

「さて、それからすこし経って、骨董屋《こっとうや》が西念を連れてもどってきた。駕籠を見るとすだれが上げられているし、駕籠屋の二人もいなくなっている。なんだかわからないが、とりあえず二人で達磨の像を中に入れ、次に布袋のほうを運んできた」

「なるほど」

「ところが、そのあいだに近所の婆さんが置き捨てられた駕籠を見つけて、騒ぎになっていた」

「それで、おぬしが通りかかり、ちょうど近くにいたおいらが、急いで駆けつけてきたというわけだ」

「ああ。あのとき、骨董屋は出るに出られず、山門の陰に身を隠し、西念だけが様子見でちらりと姿を見せたのさ」

「そのとき、小坊主が布袋《ほてい》さまとか言っていたのは、そこまで運んできていた布袋の像を見たからだな」

と、原田は言った。

「そういうことだ。それからあとは、想像するのはそう難しくはないだろう」

彦馬はそう言って、うまそうに鯛《たい》の煮ものを食べた。

あの騒ぎの途中、いったんは逃げた駕籠屋の二人も、恐る恐るもどって来た。ところが、人だかりになっているばかりか、町方の同心までいる。

とても、自分たちの駕籠だとは言い出せない。

そのまましらばっくれて通り過ぎ、人けがなくなったのを見計らって、かついで行ったのだろう。

「わたしは小坊主から骨董屋の名を聞いて、そこを訪ねてみた」

つい先ほどのことである。

「行ったのか」

「ああ。上野山下《うえのやました》にある〈産宝堂《さんぽうどう》〉という店だった」

骨董屋としては、中くらいの店構えだろうか。土地柄から、仏教がらみの品物が多そうだった。

彦馬は店仕舞い寸前に中に入り、ざっと中を見渡してきた。

「布袋さまはあったよ」

「ほう」

「これくらいの大きさで、なかなかよさそうだった」

と、手で大雑把なかたちをつくった。

「しかも、その近くにぽっかり空いたところがあるではないか。店の小僧にさりげなく訊《き》いてみた。すると、昨日まで達磨さまがあったのですが、売れてしまいましたという返事だった」

「決まりだな」

と、原田がうなずくと、

「ほんと」

女将は嬉《うれ》しそうに彦馬の猪口《ちょこ》に酒を注いだ。

「ちょっと待て。まだ、一つだけ残っている」

と、原田は言った。

「なんだ?」

「駕籠屋は法深寺から何十両もする皿を盗んだんだろう」

「え、原田さま。捕まえる気?」

女将が不満げに言った。

「駄目か?」

「そりゃそうよ。ちゃんと返したんだから」

「そうだ。しかも、達磨さまには睨まれ、大いに反省した。だから、わざわざ返しに来たんだ。それでも捕まえる気か。ひどいぞ」

彦馬は、暗い中で通り過ぎた二人の姿を思い出した。いかにも駕籠をかつぐ男らしいがっちりした身体つきの男たちだった。顔まではよく見えなかったが、声はなんとなく気弱そうだった。

「人でなし」

と、女将が言った。

「わかったよ。見逃すよ。おいらだって別に厳罰にするつもりなんざねえ。ただ、かんたんな説教くらいしておくかと思っただけなんだから」

原田は慌てて弁解した。

「それにしても、雙星さまって凄《すご》いわね」

と、女将が彦馬を上から下まで眺めるようにして言った。

「とんでもない」

「いや、こいつは本当にたいしたものなんだ」

「切れ者ね」

女将がそう言うと、

「切れ者だって？」

と、店の奥で不満そうな声が上がった。

「あら、鳥居さま、どうしたの？　不満そうな声で？」

「なあに、その程度の推察で、切れ者だなんて思われるんだからいいよなあと思ったのだ」

「その程度だなんて、失礼よ」

と、女将がたしなめた。武士に対してそういう意見を言えるとは、この女将の度胸もたいしたものだと、彦馬は思った。

——彦馬さんが飲み屋通いを始めた？

織江は意外だった。

平戸のころから、ああいうところに行くことは滅多になかったはずである。酒も飲めないわけではないが、酔っ払ったりするほどではなかった。ほろ酔い加減を過ぎると、気持ち悪くなるとか言っていた。

だが、この何日かで二度も行った。あの友だちの同心に誘われたみたいだが、めずらしいこともある。

織江はまだ店が開かないうちにのぞいてみることにした。根岸《ねぎし》の近所の農家で野菜を仕入れ、行商を装うことにした。

「大根とかぼちゃはどうですか？」

腰高障子をすこしだけ開けて、外から声をかけた。

「ああ、かぼちゃでも煮ようかね。一つもらうよ」

こっちを見た女を見て、織江は内心、驚いた。

——浜路おばちゃん。

子どものころからよく知っている。母と同じくノ一である。しかも、どちらも凄腕の密偵として手柄を競い合っていた。

自分と、お蝶《ちょう》。そんな関係に似ているかもしれない。だが、お蝶とわたしには、手柄を競うという気持ちはない。お互い、仕事はつらいもので、慰め合いはしたが、競ったりするものではなかった。だが、あの人たちは違った。

それでも、雅江が他藩に潜入し、浜路が江戸詰めだったときには、織江は何度か浜路に面倒を見てもらっていたときがあった。だから、なんのかんの言っても、懐かしい人であるのには違いなかった。

しかも、浜路は猫が好きで、いつも猫を一、二匹飼っていた。織江が猫好きになったのは、浜路の影響があったかもしれない。その猫たちを可愛がるために、浜路の家に行くことも多かった。

「どこから来るの？」

と、浜路が訊いた。

「根岸の向こうから来てます」

「また、寄ってね」

「はい、どうもありがとうございます」

織江はぼそぼそした調子で言って、通りに出た。

会うのはひさしぶりだし、変装も完璧《かんぺき》である。見破られたということはまずないだろう。

——まさか、浜路おばちゃんが……。

第三の刺客は、思いがけない人物だった。

第二話　銭ヘビさま

一

「あら、西海屋さん」

〈浜路〉の女将《おかみ》は、いつもの柔らかい笑みを浮かべた。

「寒いので、一杯やりたくなってね」

西海屋千右衛門がそう答えた後ろから、彦馬も顔を出した。

「まあ、雙星さまもごいっしょ?」

「ちょっと用事があって来たら、誘われてしまいました」

この店は西海屋千右衛門にとっても、いきつけの飲み屋になってしまった。やはり、原田に誘われて来るようになったらしい。千右衛門などはいくらでも高い料亭を贔屓《ひいき》にできるが、本当は肩が凝らないこういう店のほうが好きだということだった。

「あ、やっぱりいた」

と、千右衛門が指を差した。

原田がにやにやしてこっちを見ていた。このところ、家に居づらいものだから、のべつここにいる。この店が居間になってしまったみたいである。

その向こうには、これも常連になった鳥居なにがしというのが、つまらなそうな顔で酒をあおっていた。

熱燗《あつかん》におでんをいくつか適当に頼むと、千右衛門は原田に向かって訊《き》いた。

「いいのか、毎晩、こんなところで飲んでいて？　自宅でもいろいろとすることがあるだろう？」

師走《しわす》もすでに半ばである。

商家などにとってはいちばん慌ただしい時期で、正月を迎える準備でふだんの倍の仕事をこなさなければならない。

原田の女房も商家の娘だから、そういう気分になっているはずである。

「なあに、知ったこっちゃない。おいらはおいら、あれはあれさ」

ずいぶん他人行儀なことを言った。このところ、夫婦仲はかなり怪しくなっている。

千右衛門もここはあまり突っ込まないほうがいいと考えたらしく、

「昨日、海産物問屋の会合があってな、そこで面白い話を聞いた」

と、話題を変えた。

「どんな話だ？」

と、原田が訊いた。彦馬はここに来るまでに、あらかた話は聞いていた。

「銭ヘビさまという妖《あや》かしが出る」

「変な名だ。聞いたことがないぞ」

「ああ。だからこそ信憑性《しんぴょうせい》もあるような気がしたんだ」

「くわしく話せよ」

「ああ」

と、うなずいて千右衛門が語ったのは――。

霊岸島に店を持つ海産物問屋の〈えぞ屋〉は、おもに北海の産物を扱うことで、江戸の人にもその名を知られている。

そのえぞ屋に、半年ほど前から、奇妙なヘビが出没するようになったのである。

巳《み》の日に、巳の方角からやって来る。巳の日というのは、当然、十二日に一度、めぐって来るが、そう頻繁には出ない。だいたいふた月に一度くらい。どうも己巳《つちのとみ》の日に出るのではないかという見方もあるが、出なかった日もあるという。

奇妙なヘビには、銭のような模様がある。

だから、銭へビさまと呼ばれる。

誰が言い出したのかはわからないが、この銭へビさまが出現したとき、目を逸《そ》らして願いをつぶやけば、その願いをかなえてくれるのだという。

そうは言っても、かならず見るやつがいる。

「別に願うこともないから、願いなんざかなわなくて結構だ」

と、そばに寄って、よく見た。すると、銭の模様があるというより、穴に紐《ひも》を通して結んだ銭そのものだったと証言した。だが、この見解は、「銭が地面を這《は》うか」という嘲笑《ちょうしょう》で、一蹴《いっしゅう》されてしまったらしい。

この銭へビに嚙《か》まれた人もいる。ただの銭だという言葉を信じ、摑《つか》もうとしたらがぶりとやられた。

その人はあやうく命を落とすところだった。

しばらくひどい熱がつづき、治ったときには、背中や腕にへビの紋ができていた。見せてもらった者は何人もいる。気味の悪いことといったら、出入りのあとのヤクザの裸よりも凄《すご》い。刺青《いれずみ》のように、マムシそっくりの模様が手首から肩や背中にかけて広がっていた。

誰もあんなふうにはなりたくないから、いまや飛びついたりする者もいない。静かに銭へビさまのお通りを拝むだけだという。

「退治してやろうなどという者はいないのかい？」

と、黙って聞いていた彦馬が、口を開いた。

「店の者にはいないらしい。すっかり信じ込んでいて、えぞ屋の繁盛もあのヘビのおかげだなんて言っているらしい」

「ふうむ」

「ただ、あるじはこのところ、ちょっと違ってきた」

「ほう」

「なんか怪しい気がしてきたそうだ。誰か調べてくれる者がいないかと、わたしにもそのために話をしたらしい」

「なるほど。そりゃあ、怪しむのは当然だよ」

と、彦馬はうなずいた。

「それで、雙星が暇なら行ってもらおうかと思ったが」

「いやあ、わたしには手習いがあるし」

と、彦馬は渋い顔をした。このあたりから霊岸島までは往復すれば一刻《いっとき》近くかかる。用事は一日では済まないだろう。織江を探すため、江戸の繁華街には暇さえあれば出ていくが、あのあたりは人通りはそう多くなく、人探しをするには効率もよくない。

千右衛門にどうしてもと言われたら仕方がないが、気は進まない。

「おいらも、あそこらにはあまり関わりたくねえしな」

と、何も言われないうちに原田が言った。

じっさい、原田はいちおう神田から本郷、湯島あたりが縄張りになっている。霊岸島は別の同心の担当なのだ。

「そうだよな。いや、わたしも約束したわけではないんだ。ま、忘れてくれ」

千右衛門も済まなそうな顔で言った。

すると、隅のほうでひっそり飲んでいた常連の男が、

「そこらはわしの家から遠くないがな」

と、言った。

「え？」

三人は男を見た。ここで顔なじみにはなっているが、あまり話して面白そうな男ではない。こっちから話しかけたこともない。

「鳥居さまとおっしゃるのよ。贔屓にしてくださっていて」

と、女将《おかみ》が紹介した。

「ああ、どうも」

三人は軽く頭を下げた。確かにしょっちゅうここで会っている。

「それに、わしには子飼いの十手《じって》持ちもいる」

と、鳥居は原田を見ながら言った。

「まさか、ご同業?」

原田は南町奉行所の同心だが、北町奉行所もある。そこの内勤の者や隠密《おんみつ》同心あたりにはよく知らない顔もある。

「違う。わしは旗本だ」

鳥居は怒ったように言った。木っ端役人といっしょにするなという口ぶりである。

「子飼いの十手持ちって誰ですかい?」

「浅草黒船《あさくさくろふね》町にいる久米助《くめすけ》という者だ」

「ああ、あいつですかい……」

と、うなずき、彦馬と千右衛門には、

「陰じゃ雲助と呼ばれているろくでもねえ野郎さ」

そっとささやいた。

「失礼ですが、鳥居さまは、町方とも関わりがおありで?」

「直接にはない。わしは中奥番をしておる」

と、胸を張った。

「そうでしたか」

原田は気まずそうに目を伏せた。

「のう。わしが解決してやろうか」

と、鳥居は自信たっぷりの口調で言った。

「え？」

「ふっふっふ。それは面白そうだ。そっちの雙星という者も、自分だけが切れると は思わぬほうがよいぞ。このあいだの駕籠《かご》の一件で、なにやら切れ者になったつも りでいるらしいが、あれくらいわしもかんたんに推察できたからな」

と、彦馬に言って、悠然と店を出て行った。

「なんだ、あれ？」

と、千右衛門が女将に訊《き》いた。

「ちょっと変わった方ですからね」

女将は苦笑した。

「ちょっとどころじゃねえ。だいぶ変わってるよ」

と、原田が嫌そうに言った。

変わっているという言葉に、彦馬はつい肩をすぼめてしまう。平戸にいるころは、 自分がしょっちゅうそう言われていた。江戸に出てきてからはあまり言われなくなったが、江戸には彦馬を上回る変わり者が大勢いるからだろう。

「そこの聖堂にはよくお見えになっているみたいですよ」

「原田、中奥って何だ？」

と、彦馬が訊いた。

「お城の上さまがいるところだろ？　確か、大奥の手前が中奥と呼ばれているんだ」

「へえ」

そんな偉い人がこのような陋巷《ろうこう》の飲み屋に出没しているとは思わなかった。

「まいったな」

と、千右衛門が頭を抱えた。

「なんで？」

と、彦馬は訊いた。

「あんな偉そうなやつが調べると言って出しゃばるなんて、しゃべったわたしがえぞ屋さんから恨まれそうだ」

「ほんとだ」

残っていた三人と女将までも、これには深くうなずいた。

二

その翌日の暮れ六つ近くになって——。

中奥番鳥居耀蔵は、本当に霊岸島の新川沿いにある〈えぞ屋〉に顔を出した。岡っ引きの久米助も伴っている。

大きな態度であるじを呼び出すと、

「銭へビの件だがな、わしが調べて進ぜよう」

と、言った。

そのわきから、十手を振りかざしながら、久米助が、

「こちらは鳥居耀蔵さまとおっしゃる、幕閣も注目する切れ者であられるぞ。なにごともたちまちお見通しだ」

と、にやにや笑いながら口を出した。

「ははっ」

幕閣などという言葉を出されて、あるじの庄蔵《しょうぞう》は平身低頭するしかない。千右衛門よりは年上だが、まだ三十代半ばくらいだろう。とぼけたり、武士をなだめすかしたりといった芸当は身についていないようすである。

「銭ヘビの件はどなたからお聞きになりました？」

と、あるじの庄蔵が訊いた。

「どなたにだと。お上《かみ》は隅々までお見通しだぞ」

と、鳥居は言った。手の内を明らかにすることは、ひどく嫌がる。だが、千右衛門にとっては幸いである。

「今日は、巳《み》の日だな。そろそろ出るころではないのか？」

「おっしゃる通りにございます」

「嚙《か》まれた者もいるらしいな」

「はい。そこに」

と、手代の一人を指差した。

四十前後の手代がやって来て、あるじに言われるまま腕まくりをした。黒に茶が混じった色合いの銭のような紋が、腕から肩、背中へとべったり広がっている。

「これはひどいな」

鳥居も久米助も、顔をしかめた。

「どこに出るのだ？」

と、鳥居が訊いた。

「はい、裏庭でございます」

庄蔵が先に立って案内した。

「こちらでございます」

大きな店で、新川沿いに建てた蔵のほかにもいくつか蔵があり、これは裏手といっても直接、川には接していないらしい。裏庭といっても人に見せるためのものではないらしく、草がぼうぼう生えていたり、空き樽《だる》がごろごろ転がっていたりする。

なんだか、荒れた感じのする庭である。

鳥居は提灯《ちょうちん》をかざしながら、周囲を見回し、

「そなた、密貿易などはやっておらぬよな」

と、いきなり訊いた。

「み、密貿易！　何をおっしゃいます。とんでもないことでございます」

慌てて否定した。

「ずいぶん慌てたではないか」

「そういうことを突然言われましたら、誰だって動揺いたしますよ」

「ふん。まあ、いい。そっちはいずれ調べることがあるかもしれぬからな」

意地悪そうに言った。

「ヘビはどこから来るんだ？」

と、久米助が訊いた。

「はい。そちらの草むらから出てまいります」

銭模様の手代が指差したのは、別の蔵の手前にある草むらである。向こうの蔵は戸がちょうど開いていて、どうやら新川に接し、船で運んで来た荷物を納めるようになっているらしい。

見ているのは、あるじの庄蔵に銭模様の手代と、ほかに手代が二人に小僧が一人、それと鳥居に久米助である。

しばらく、それぞれがしゃがみ込んだり、空き樽に腰を下ろしたりしていた。

「あ」

銭模様の手代が目を瞠《みは》った。

「どうした？」

と、鳥居が訊いた。

「いま、地を這《は》うような音が」

嚙まれただけあって、ヘビの気配には敏感らしい。

みな、そっちに向かって提灯を突き出すようにした。草むらの一部が揺れていた。

「出ました」

と、銭模様の手代が言った。

「ほんとだ」

大きなマムシだった。くねくねと曲がりながら進んできたが、途中でふと動きを止め、鎌首《かまくび》を持ち上げると、しゅるしゅると赤い舌を出した。

「うわっ」

鳥居は思わず一歩、後ろに下がった。

すでに周りからは、なにごとかを祈ったり願ったりする声が聞こえている。

マムシはふたたび動き出し、蔵に向かって進んだ。

蔵の手前に、もぐらが開けたような穴があった。ヘビはその穴に消えた。

「向こうから出てきます」

と、あるじが指を差し、一同はぞろぞろと蔵の反対側へ歩いた。

しばらくして、ひょこっと顔をのぞかせたのは、たしかにひょろ長い何かである。

それが波打つように地面を這う。

ヘビの動きではあるが、かたちはヘビとは違う。

「暗くて、よく見えぬな」

と、鳥居が言うと、久米助が提灯を近づけようとした。

「あまり明かりを近づけると、飛んで食いついてきますから気をつけて」

「げっ」

本当に食いつかれた人の言葉は重みがある。久米助はへっぴり腰で提灯を前に出すことしかできない。

ただの銭の束に見えるが、あんな動きをするはずがない。

「なんなのだ、これは？」

と、鳥居が言った。

「奇妙でございましょう」

あるじの庄蔵も震える声で言った。

「久米助、ちょっと触ってみろ」

と、鳥居が命じた。

「じょ、冗談じゃありませんよ。あんな模様ができたらどうします？」

「あんな模様があったら、睨《にら》みが利いていいではないか。そなた、陰では何と呼ばれているか知ってるのか。雲助親分だぞ。あんな模様ができたら、いよいよマムシの久米助親分だ」

「何がいよいよですか。勘弁してくださいよ。鳥居さまこそ、あんな模様があったら、そこらでいじめに遭ったりすることもなくなりますよ」

「いいから、触れ」

「あっ、やめてください」

鳥居が無理に押したりしたものだから、久米助が悲鳴を上げたりして、裏庭は大騒ぎとなった。

「あ、銭へビさまが……」

いつもよりもだいぶ速く、まっしぐらに、銭へビは草むらに消えてしまった。

雙星彦馬は手習いを終えると、まっすぐ長屋にもどった。このところ、いろんな用事で疲れている。年末は手習いも何かと忙しいのだ。かんたんな飯をすませて、望遠鏡の手入れをしていると、

「雙星。ちょっと〈浜路〉まで来てくれよ」

と、原田朔之助が顔を出した。

「今日はいいよ。この前、飲んだばかりだろうよ」

寒いときに酒を飲むのは確かに気分がいい。だが、ああいう場所にいると、たちまち時が流れ去って、夜中になってしまう。帰ってばたんと寝るしかない。ほかにやりたいこと、やらなければならないことがいっぱいあるのに、時間切れとなってしまう。

彦馬はそれが惜しい。つくづく勿体《もったい》ない。

「鳥居がどうしてもと言うんだ」

「そんなのわたしの知ったことではないだろう」

だいたいあの男とはあまり付き合いたくない。たぶん、いちばん気が合わないいたぐいの人間ではないか。

「どうも銭ヘビさまを目撃したらしい」

「じゃあ、その絵でも描いていればいい」

「女将《おかみ》が雙星さんならたぶん来たがらない気がするとさ。それで、猫ちゃんにこれをやってくれと」

原田は紙包みを取り出した。

魚の干物が丸ごと一匹。彦馬が焼いて食べたいくらいである。

ちょうどかつぶしも切らしていて、にゃん太には飯つぶだけの物足りない晩飯を食べさせていた。

「おい、にゃん太。ごちそう、もらっちまった」

「にゃあおう」

と、喜びの声で鳴いた。

「痛いところを衝《つ》いてくるなあ、あの女将は」

女将は猫好きで、よく近所の野良猫に餌をやっていた。膝《ひざ》を抱えて、猫が食べるところを眺めているしぐさは、なぜか織江によく似ていた。

「気が利くのさ」

「うん。だが、わたしが猫を飼っていることは言ったかなあ」

と、彦馬は首をかしげた。

「そんなことはどうでもいい」

「痛いところを親切にされちゃしょうがないか」

と、立ち上がった。

師走《しわす》の冷たい風が、妻恋坂の下から巻き上げるように吹いてくる。遠い明かりが、寒さに震えるようにちらちらと揺れている。

肩をすくめながら〈浜路〉にやって来ると、

「ご免なさいね。鳥居さんがなんとか呼び出せないかとおっしゃるから」

女将は手を合わせて詫《わ》びた。

「そんなことより、わたしが猫を飼ってることをよくご存じで？」

「だって、しょっちゅう猫の毛をつけてるから」

「ああ、なるほど」

たいした観察眼である。

「よう」

と、鳥居が横柄な態度で彦馬を呼んだ。

「御用だそうで？」

彦馬も来てしまったからには、さっさと用事を済ませたい。

「そなたたちが考えあぐねているようだったから、わしが実物を見てきてやったぞ」

「出ましたか？」

「出た。触ることができるくらい近くでじっと見た。あれはやはり、妖《あや》かしだな」

「へえ。なぜ、妖かしだと？」

「どう見たって、本物のヘビとは思えない。大きなマムシが穴に潜り込み、出てきたときは銭ヘビになってるんだ」

「銭ヘビって、つまりは紐《ひも》に通した銭の束のことでしょう？」

と、彦馬は訊《き》いた。

「そうとも」

「本物が変わったと言っても、二つの穴がつながっているかどうかはわからないのでしょう？」

「何？」

「つまり、マムシが入った穴と、銭ヘビが出てきた穴とのあいだには、蔵かなんかがあるんですよね？」

「そうだ」

「だとすると、蔵の中に誰かがいて、入ってきたマムシを捕まえ、もう一方の穴から銭へビを押し出してやることもできますね」

彦馬は説明するようにゆっくりと言った。

「おぬし、わしを愚者扱いするのか？」

「いいえ」

「そんな子ども騙《だま》しみたいな手妻（手品）をわしが思いつかぬとでも思ってるのか？」

「そこは確かめたので？」

「当たり前だ。銭へビが草むらに消えてから、わしはすぐに蔵の戸を開けさせて、中に入った。中には誰もいなかった。猫一匹いなかった。だいたいが、その蔵の鍵《かぎ》は、二つしかなく、一つはあるじがつねに首から下げ、もう一つは二階の金庫に入れてある。誰も出入りはできぬ」

「なるほど」

「しかも、へビの穴が両側に一つずつ開いていた。二つの穴をのぞいたがちゃんと通じていた。それは提灯《ちょうちん》を近づけさせ、明かりで確かめたのだ」

「さすがですね」

「へビがいる気配もなかった。万が一、嚙《か》まれたら大変だから、手を突っ込むようなことはしなかったがな」

「しなくてよかったと思います」

「いずれにせよ、あれは妖かしとしか思えぬ。えぞ屋は、ヘビを商いに利用したりしたことがあったに違いない。おそらくその祟《たた》りが出たのだ」

「はあ」

「一度、調べたほうがいいかもしれぬ。白ヘビを干したものを海産物と偽って売ったりしているのかもな」

「えぞ屋さんは生真面目な商人ですよ。そんなことはありえませんね」

と、千右衛門は言った。

「あまりかばいだてすると、そなたも疑うぞ」

「……」

鳥居の形相は凄《すさ》まじく、千右衛門はそっと顔を伏せた。

「わからないことがあるんですよ」

と、彦馬は言った。

「何が？」

「そのヘビはどこに消えていくのですか？」

「ん？」

「銭のヘビでしょ?」

「そうさ」

「どこかを這《は》っていたら大騒ぎになりますよね。でも、ほかでは誰も見たことがない。どういうことでしょう?」

「それが妖かしたる所以《ゆえん》だろうが」

と、鳥居はふて腐れたような顔をした。

「それとも一つ。巳《み》の日に、巳の方角から出てくるんですよね」

「うむ」

「だったら、そんな夕刻じゃなく、巳の刻に出てきてもいいじゃないですか」

巳の刻は真っ昼間である。

「まだ、あります。消えていった銭ヘビはどうしていつも、同じ方向から出てくることができるのか。穴をふさいだりはしなかったのか。なぜ、それをしてみないのか。わからないことだらけですよ」

と、彦馬は自分も腕組みして考え込みながら言った。

鳥居はしばらくうつむいていたが、

「いつも、こうなんだ。世間のやつらも、親も、学問の師匠も、細々と、どうでもいいようなことをほじくり出しては、人の粗探しをする。子どものときから、こればっかりだ……」

鳥居はなにやらぶつぶつ言っている。拗《す》ねた子どものような顔をしている。

すると、突然、怒り出した。

「そなたは、わしの調べが足りないというのか！」

三

翌日の夕方近く——。

鳥居耀蔵は岡っ引きの久米助を伴い、もう一度、〈えぞ屋〉にやって来た。

昨夜、〈浜路〉で雙星という男から、いろいろ訊き直された。最初は腹が立ったが、だんだん起きたことの全体が見えてきた。

雙星は、その蔵では金勘定のようなことがおこなわれているのではないかと言っていた。それがもっとも重要なことであるように。

鳥居はまず、それを確かめることにした。

今日は裏庭には行かない。客間に通され、あるじの庄蔵だけが相手をしている。

「蔵の中で金勘定？　はい。それは毎日の日課でございます。売上を確認し、帳簿につけて金庫に納めます」

「やはり、そうか」

「と、おっしゃいますと?」

「その銭ヘビはな、一文銭を一枚ずつごまかしたもので、それを持ち出すための手《て》管《くだ》だったのさ」

と、鳥居は岡っ引きの久米助にも自慢げな顔をしながら言った。

「なんと」

「最初のヘビが壁の手前の穴に入るであろう。ここまでは本物のヘビだ。だが、次の穴から出てくるのは銭ヘビだ。見ている者は、同じヘビが地下で蔵を横切って出てきたのかと思うな」

「違うのですか」

「当たり前だ」

「では、本物のマムシはどこに?」

「ふっふっふ。そんなこともわからぬのか。もどったに決まってるだろうが」

と、鳥居は嬉《うれ》しそうに言った。

「もどった?」

「いったん穴に入ったヘビだが、みんなが反対側に回っている隙に、本物はもと来た道を逃げたのだ。だから、そのつど反対側から姿を現すことができるのではないか」

「ヘビにそんな芸当を教え込むことができるのですか？」

と、あるじの庄蔵は訊《き》いた。

「できるのだ。ヘビは臭いを嗅《か》ぎつけて動く。好物であるネズミの臭いを使えば、おびき寄せることも可能だ」

「そうでしたか」

じつは、これも雙星から聞いたことだった。

「ところで、そなたたちは、穴をふさごうとはしなかったのか？」

「したほうがいいという者もいたのですが、バチが当たるという者もいまして。なにせ、商人はヘビに対する信仰もありまして、家の下にヘビが巣くうと、喜んだりする向きもあるほどです。このため、穴はずっとそのままにしておきました」

「そのあたりも見越してのことだろうな」

「見越してとおっしゃいますと？」

「まだ、わからぬかのう」

「はい」

「商人というのは意外にうぶよのう」

「いやあ、恐れ入ります」

「盗みだ」

と、鳥居は隠れていた物陰から飛び出すように言った。

「ぬ、盗み？」

「これは銭へビさまなどという妖《あや》かしではない。まぎれもない盗人《ぬすっと》のしわざであるぞ」

鳥居耀蔵は、後の南町奉行時代をうかがわせるような、やたらと仰々しい口調でそう言ったものである。

「断言したのですか、鳥居さま？」

と、浜路が訊いた。

神田明神下の〈浜路〉である。鳥居耀蔵は〈えぞ屋〉に行ったあと、またもここに立ち寄り、今日の成果を報告していた。

あらかじめ、えぞ屋の次に来ることは告げておいたので、原田と彦馬もここにやって来ていた。彦馬も気乗りはしないが、あれこれと手がかりになるようなことを教えていたので、結果が気にならないわけではなかった。

「もちろん、断言した」

と、鳥居は言った。

「それで？」

「下手人《げしゅにん》はこの店にいるのですかと訊くから、決まっているではないかと答えた。それ以外には考えられないのだからな」

「驚きましたでしょう？」

と、浜路は見たこともないあるじに同情したような口ぶりで言った。

「そりゃあ、まあな。それでわしは、どういたす？　と、訊いた。町方に突き出すこともできるし、内々で処理しようと思えばできなくもないぞ」

「それで袖《そで》の下を？」

原田が呆《あき》れて訊いた。町方の同心や、岡っ引きの手口である。だが、こういうのは加減やらあうんの呼吸があり、それを会得するまでは月日がかかる。この中奥番はすでにそうしたものを身につけているのか。

「馬鹿者。薄汚いことを申すな」

と、鳥居は大声で怒った。

「え？」

原田は目を丸くした。

「わしはそういう薄汚いことは大嫌いだ。官吏というのは、ひたすら裏も表もなく、法を厳守して、清く正しく生きなければならぬのだ」

どうも、潔癖なところもあるらしい。

「それで、あるじは何と?」

彦馬が訊いた。

「このまま、しらばくれていたいと」

「ほう」

「たとえ盗みであっても、たかだか月に二、三百文程度のことだとさ」

「たかが二、三百文ねえ……」

彦馬はつぶやいた。

「そりゃそうだ。あれだけの大店《おおだな》だもの」

と、原田は言った。

「わしは、いいだろうとうなずいた。所詮《しょせん》は町人たちのやることだし、別に手柄にするつもりもなければ、このことをよそで吹聴《ふいちょう》するつもりもない。見破ったというだけで満足だと、そう伝えた」

鳥居は女将《おかみ》を見て言った。子どもが褒めてもらいたいときの顔だった。

「まあ、素敵」

と、女将は言った。

「でも、見破ったのは雙星……」

と、原田が言いかけると、彦馬はあわてて原田の袖を引いて、

「下手人は誰だったのですか?」

と、訊いた。

「うむ。むろん見当はついている。だが、その名は言わないでおいた。わしはざっと一睨《にら》みして、踵《きびす》を返した。おそらく、下手人はわしの洞察力に震え上がっていたことだろう。もう盗みもやるまい。これでいいのだ」

そう言って、立ち上がると、

「雙星とやら」

と、彦馬の鼻先に人差し指を向けた。

「はあ」

「真実というのは指摘するばかりが能ではないぞ。あまり、自分は切れ者なのだと思い込まぬようにな」

鳥居耀蔵は、自信満々で帰って行った。

月はちょうど半分が欠けていた。師走《しわす》の月は、すべてが死に絶えたような白さで輝いていた。

織江は〈浜路〉の店から数軒離れた瓦葺《かわらぶ》きの二階の屋根にいた。ここから店の中

をのぞきこむことができた。

だが、あの変な男が帰って行くと、織江は向きを変え、仰向《あおむ》けになって夜空を眺めた。

織江は望遠鏡で見た月を思い出した。もちろん彦馬が見せてくれたのだ。

あのときは、いまと違って満月だった。雲一つない平戸の海上の空に、大きな満月がぽっかり浮かんでいた。

肉眼で見るのとはまるで違った白い球体だった。ずっと絵でしか見られなかったものの、本物を見せられたような気もした。

「凄《すご》いね、彦馬さん」

ため息が洩《も》れた。

「凄いだろう」

自慢そうだった。

「真ん丸なんだね」

「わたしたちがいるこの大地もあんなふうに丸いんだ」

「そんな馬鹿な」

織江は望遠鏡から目を離して彦馬を見た。

「信じられないよな。でも、本当なんだ」

「じゃあ、あんなふうに浮いてるの」

「そう」

「空って、水の中みたいなものなの？」

「どうなんだろう」

織江は何度も望遠鏡をのぞきこんだ。

ふと、自分たちはこの世のことをどれくらいわかっているのだろうと、思った。

それを彦馬にも言ってみた。

「なんにもわかっちゃいない」

と、彦馬は面白がるように言ったものだった。

「なんにもわかっちゃいない」

織江は同じ言葉を屋根の上で繰り返した。なぜか、胸がきゅんとした。

人はどうして、つらい人生を送らなければならないのだろう――あれも望遠鏡を見ながらの話だったか、彦馬とはそんな話もしたことがあった。

「なんでだろうなあ」

と、彦馬は夜空を見上げたものだった。

「わたしもずっと不思議に思ってたんだ」

「彦馬さんも？」

「何だよ、その意外そうな顔は?」

「そんなこと考えずに、彦馬さんはのんびり楽しくやっているのかと思ったよ。他人のことはおかまいなしに」

「わたしは、他人からするとそんなふうに見えるらしいな」

と、彦馬は苦笑した。

「違うんだ?」

「うん。そりゃあもちろん、楽しいときはある。星を眺めているときや、海に出ているとき、もちろんいまは織江といっしょにいるときが楽しいよ。でも、どう考えたって、われわれ人間に与えられた人生って、つらいことのほうが楽しいことに比べてはるかに多いだろうよ」

「うん。同感だよ」

「だから、わたしはそれは子どものころからずっと思ってた。人は、つらい人生を、どうして生きなければならないのだろうって……」

そんなことを考えるのは自分だけかと思っていた。

だから、織江は嬉《うれ》しかった。

「でも、そういうことをあまり考えない人っているよね」

と、織江は彦馬に訊《き》いた。

「いる」

「そっちのほうが多い気がしない？」

「する。他人の気持ちってのはわからないからかもしれないが、見ていると、そんな感じがする。決を採ったことはないけどな」

彦馬はそう言って笑った。つらい話でも笑った。雙星彦馬は、ほんとに不思議な男だった。

「つらいことが多いからといって、沈んでいたらますますつらくなる。だから、ちょっとでも楽しいことを探そう」

彦馬はそうも言った。

「うん」

と、うなずいた。

わたしは約束したのではなかったか。だが、平戸を去らなければならなかった。その彦馬は、ここから見える飲み屋の中にいる。なんでわたしが、隣りにいてはいけないのだろう。腹立たしくなってくる。

――ん？

屋根の端でかすかな音がした。

さっと身構える。手裏剣に手を伸ばし、闇に目を凝らす。

敵ではない。雙星雁二郎だった。

この男も、彦馬とはまるで違う不思議な男である。平戸藩の忍びであることは確かなのだが、何のためにわたしに接近し、助けてくれるのか、その意図がわからない。

「ここにいたのか」

「はい」

「ということは、三人目の刺客はわかったんだな」

「……」

黙ってうなずいた。

「子どものころから知っている人です」

「そうだったのか。それはむしろ好都合だ。あの女の、得意の手の内は何なのだ？」

と、雙星雁二郎は訊いた。宵闇順平は闇に溶けた。呪術師寒三郎は奇妙な呪《まじな》いをかけた。浜路にも得意技があるのだろう。

「何でしょう？」

隠しているのではない。本当にわからない。

「では、わかるまではうかつに近づけないな」

と、雙星雁二郎はつぶやいた。

手の内がわかるまで、忍びの者はやたらに攻撃は仕掛けない。腕の立つ者ほど慎重である。

織江は思い出すしかないと思った。はっきり見ていなくても、それは書物の奥にはさんだしおりのように、ひっそりと隠れているはずだった。

どこかで猫が鳴いていた。

四

鳥居耀蔵が出て行ってすこししてから、

「あ」

と、彦馬は小さな声を上げた。

「どうした、雙星？」

「この下手人は賢いなあ。いや、悪いやつだなあ」

「なんでだ？」

「二重の仕掛けなんだ」

「二重？」

原田はぼんやりした顔をしている。

「こいつは、月にせいぜい二、三百文というのをみんなに植え付けるため、こんな仕掛けを始めたのさ」

「どういう意味だよ」

「もっと大きな悪事がその下に隠れているのさ」

彦馬はそう言って、女将《おかみ》に書くものはないかと頼んだ。

女将が裏に何も書かれていない瓦版《かわらばん》と、墨をふくませた筆を持ってきた。

「いいか。いくらか違うかもしれないが、穴はたぶんこんなことになっているんだ」

彦馬はさらさらとかんたんな絵を描いた。地面に穴があいていて、途中に部屋のようなものがある。そこから穴は三手に分かれている。

「この三手に分かれた一方は、蔵の中に通じる。だから、鳥居が調べたように、蔵の外の明かりが中まで洩《も》れてきても不思議はない。だが、もう一方はもっと下まで伸びているんだ」

「じゃあ、ヘビはその先まで行くのか？」

「いや、ヘビは鳥居が言ったように、そこで引き返していく。ここの本当の役割はヘビの通り穴なんかじゃない」

「じゃあ、なんだよ？」

「空気穴なのさ。空気がなくなって窒息しないために開けた穴なんだ」

「どういうことだよ？」

「この下にもうひとつ、人のための穴が開けられることになっているのさ。そっちは掘るのに半年もかかるような長い穴なんだろう。そして、出口はどこか？」

　ここまで言えば、さすがに原田も気がついた。

「蔵破りか」

「そういうこと。狙いは二、三百文なんかじゃない。貯まりに貯まった数千両を一晩で奪って逃亡する気だ」

「糞《くそ》ぉ」

　原田が悔しそうに言った。

「おそらくもう、穴はすぐ下まで来てるぞ。年末が近いし、蔵には金がうなっているに違いない」

「おい、雙星。下手人は誰だ？」

　と、原田は訊いた。

「それはもちろん、ヘビの刺青《いれずみ》を彫った男だろう」

「やっぱり刺青か」

「そりゃあそうだ。ヘビに嚙《か》まれたって、そんな紋なんかできるわけがない。そうやって、誰もヘビに近づけないようにしたんだ。いくら二重の仕掛けでも、怪しむやつはできるだけ遠ざけておくのが大事だからな」

「じゃあ、早速、捕り物にかかるか」

と、原田は立ち上がった。

まずは奉行所に行き、ほかの同心や小者たちとともにえぞ屋へ向かうのだろう。いくらか飲みすぎているが、この寒さならたちまち醒《さ》めるはずである。

「頑張ってね、原田さん」

女将が声をかけた。

「だが、鳥居は怒るだろうな」

と、原田は嬉《うれ》しそうに言った。

「ほんとね。鳥居さまには何も言わないでおいたほうがいいわよ。どうせ、その後のことなんて気にしないから」

「そうだな。ああいうやつは、やたらと自尊心が強いから、負けたと思うとしつこく恨みに思ったりするんだ」

原田はそう言った。彦馬も同感である。

「じゃあな」

こういうときの原田は、さすがに頼もしく見える。

数日後――。

浜路が、川村真一郎に、雙星彦馬のことを伝えていた。

「あの男、雅江が好きだった男のたぐいです。好みはいっしょです」

「なんと」

「平戸で織江はあの者といっしょになったのではないでしょうか。それがために、お庭番を抜けようと。雅江にもそういうところがありましたから」

「よし。まずは、見に行ってみよう」

川村真一郎は客として、〈浜路〉に座った。

しばらく待つうちに、町方の同心といっしょに若い男が入ってきた。のん気そうな顔で、浜路に挨拶《あいさつ》した。

――あいつだ……。

両国《りょうごく》橋で顔合わせしたときのことを思い出した。

あの男だった。

向こうはこっちをまったく覚えていないだろう。一瞬、すれ違っただけの男なのだ。

──どうしよう。

と、川村は歯ぎしりしながら思った。

この男がここらにいるから、織江は危険を承知で近づいて来るのだ。二人はすでに会っているのか。ともに暮らしてもいるのか。

強い憎しみがこみ上げてきた。あんな間抜けな男に織江を取られるのか。一刀で斬り伏せることができる。何の武力もない。ただの腰抜け隠居。うすら馬鹿のような警戒心のない笑い。悪口が次々に浮かぶ。

──織江。そなたはこんな男に……。

ふと、かわいさ余って、憎さ百倍という言葉が胸をかすめた。

そう思ったとき、また一人、客が入ってきた。

「なんだ、雁二郎ではないか」

と、雙星彦馬が顔をしかめた。

「通りかかったら父上の声がしましたので」

「いいではないか、雁二郎、飲んでいけ」

と、原田がとっくりを向けた。

「ありがたくいただきます」

きゅうっと飲み、

「どうも、こういう席にはべらせていただきますと、何か芸を披露したくなりますな」

「ようよう、やってくれ」

「あたしも見たい」

女将が川村をちらりと見て、言った。

「やるなよ、雁二郎。とくに、あれをやったら養子縁組を取り消すからな」

雙星彦馬が頭をかかえた。

「あれって言いますと、すっぽんぽんのぽんですか」

「それ、見たいわ」

女将が娘のようにはしゃいだ。

笑いが渦巻く騒ぎの中で、川村真一郎は雙星彦馬への憎悪の炎をたぎらせていた。

第三話　壁の紐《ひも》

一

もはや定例となった、松浦静山と雙星彦馬の晴れた夜の星を観察する会である。東の空に上がってきた糸かけ星の群れ（獅子《しし》座）を眺めていると、

「迷っておるのじゃ」

と、静山が言った。

「え？」

彦馬はのぞいていた望遠鏡から目をはずした。

「じつは、近ごろシーボルトが、長崎からすこし外れた鳴滝《なるたき》というところに塾を開くことになったのだ」

「シーボルト？」

聞いたことがない言葉である。

「あれ、そなた、シーボルトを知らぬのか？　南蛮の医者で、一昨年《おととし》に長崎にやって来たのだ」

「申し訳ありません」

頭を下げた。本当に知らない。

このあいだ、おかしな仔犬占《こいぬ》いをやってもらった。そのとき、将来、異人が二人、関わってくるなんて言われた。もしかしたら、そのうちの一人なのか。

「そういえば、シーボルトがやって来たのは、そなたの家に怪しい嫁が来たり、そなたが江戸に発《た》ったり、ごたごたしていた時期だったかもしれぬ。知らなくても不思議はあるまい」

「いえ、不勉強でした」

と、詫《わ》びた。彦馬がいた御船手方書物天文係というのは、そうした海外にまつわる新しい動きについても、調べたり、把握していなければならない職務である。一生懸命務めたつもりだが、疎漏はあったのかもしれない。

「そのシーボルトが出島の外に出てくれたら、ずいぶん接触しやすくなる。いまも、準備などでしばしば出島を出たりしているらしい。これまでは、密偵を使わなければ接触できなかったのでな」

「密偵を？　御前もそのようなものを使っておられたのですか？」

なんとなく陰湿な感じがして、静山にはふさわしくない気もする。

「当たり前だろうが」

「ははあ」

「どうもそなたは、人が良すぎるのう」

「そうでしょうか」

自分ではそんなふうには思わない。ずるいところもあるし、人の裏をかくようなことを考えたりもする。もちろん、世の中が表に見えるところだけで動いているなどとは、露ほども思わない。逆に、裏に秘められた思惑のほうがはるかに多いはずである。

ただ、ここそこいろんな行動を取るのが面倒なだけで、自分が静山の替わりをしろと言われれば、そうした連中も使うようになるかもしれない。

「そのシーボルトがどうかしたのですか？」

「うむ。この男は医者だがいろんな興味を持っている。好奇心が先走る。わしと同じさ。鎖国なんぞは鬱陶《うっとう》しくて仕方がなくなる」

「はい」

それは彦馬も同感である。世界の海を自由に航海して回る日を夢見ている。

「国を開くのに、この男も必ず協力するはずなのだ」

「ははあ」

「そのうち、江戸にもやって来るらしい。出島の甲比丹《カピタン》の挨拶《あいさつ》のお伴《とも》でな。だが、そのとき接触するのは難しかろう。どうやって接触すればよいかのう」

「その途中では？」

街道を宿泊しながらやって来る。途中では、散策したりもすれば、茶店で一息なんてこともあるだろう。そのとき、さりげなく接触するのだ。片言だが、蘭語《らんご》はできるし、筆談でもいい」

彦馬も未知のものに触れるような仕事なら興味がある。隠居してしまったが、行けと言われれば行ってしまうかもしれない。

「なんだ、雙星、やりたそうではないか」

「いえ、そういうことも……。隠居の身ですし」

「わしがそんなことを気にすると思うか。隠居だろうが見習いだろうが、これぞと思う者に働いてもらう。ただ、急ぎの用事になりそうでな。足の早い者に動いてもらう」

「申し訳ありません」

足が遅いので思わず詫びてしまう。

「そろそろ幽霊船も最初の荷を運ばせようと思っている」

と、静山は心なしか声を低めた。

「いよいよですか」

幽霊船を四艘《そう》ほど、近海で泳がせているのはすでに聞いている。そのうちの一艘には、彦馬の旧友である宇久《うく》島の荘助《そうすけ》が乗り込んでいるのだ。

抜け荷を実行するのは、その荘助の船だろう。

「千右衛門も望んでいる。まずは、書物を運んでもらいたいそうだ」

「書物ですか」

それは聞いていない。千右衛門は昔からの親友だが、そっちの話は、彦馬に対しても口が堅い。

だが、西海屋は海産物問屋である。書物などは商売にしにくいのではないか。

「意外だろう？」

「はい」

「千右衛門は、しばらくのあいだ、儲《もう》けなど期待しないそうだ。書物も売るのではない。江戸や他藩の藩邸で開明的な考えを持つ者たちにそっと届けるのだそうだ。もちろん、誰からとは名乗らずにな」

「そっとですか」

「南蛮の新しい事情を記した書物に接すれば、かならずやその者たちの開国への思いをかきたてるはずだと」

「なるほど」

儲けを度外視した遠大な計画である。

だが、新しい知識こそ、新しい時代を切り拓《ひら》くので、それは静山の夢を実現させるためにも大きな力となっていくはずである。

「凄《すご》いですね」

「千右衛門もなかなかだろう」

「いえ、御前のお考えも」

千右衛門もそうだが、中心にあるのは静山の大きな野望であり、彦馬はそれに感嘆するのだ。

「ただ、監視の目もうるさくなっていてな」

「はい」

「お庭番だけでなく、中奥番あたりもうるさく言ってきている」

「中奥番が？」

彦馬は目を瞠《みは》った。

「どうした。いやに驚いたが？」

「はい。じつは行きつけの飲み屋に」

「うむ。そなたの義理の息子に聞いた。鳥居耀蔵が出入りしてるとな」

「はい」

「わしの親友である林述斎《はやしじゅっさい》の倅《せがれ》さ。奇妙なものよ」

御前の親友であったか、と彦馬は思い出した。あの随筆集に『甲子夜話《かっしやわ》』という名をつけてくれたのも林述斎ではなかったか。

だが、その倅はやたらと頭が固く、御前のことを目の敵《かたき》にしているとも聞いたことがある。そうか、それがあの鳥居耀蔵なのか。

「あの男が殿を監視しているのですね」

「うむ。とにかく、外国が嫌いらしい。夷狄《いてき》は神国に近づくべきではないし、向こうの学問をやるなんてことは許し難いと信じ込んでいるらしい。自分は、目がぎょろっとして、鼻も高く、異人めいた顔をしているのだがな」

「だからではないですか？」

子どものときに、異人の子とか言われて、苛《いじ》められたりしたのではないか。鳥居という男は、どこか子どもじみた鬱屈《うっくつ》したところが感じられるのだ。

「頭は切れるのだがな。要は、官吏なのさ。わしら海の民とはなかなか相容れるのは難しい」

「では、わたしどもも近づかないほうがいいですね」

原田はともかく、千右衛門や雁二郎まで出入りしているのだ。

「なあに、どうということはない。鳥居もどうせこっちの手の内など何もわかっておらぬ。逆に使えるかもしれぬ」

静山がそう言ったとき、南の空を大きな流れ星が走った。


翌日──。

「念次《ねんじ》、元気がなかったな？」

と、彦馬は訊いた。今日の手習いが終わったところだった。子どもたちはいっせいに帰り仕度を始め、挨拶もそこそこに飛び出して行く。いつもなら先頭を切って出て行く腕白坊主の念次が、ぼんやり机に頰杖《ほおづえ》をついている。

「うん、まあね」

「どうした？」

「おとっつぁんが帰って来ないんだよ」

「いつから？」

「昨日の夜からだよ」

「そうだったのか」

念次の母親は、親の看病のため、実家に帰っていたはずである。昨夜は一人で寝たのだろう。朝飯は湯漬けでも食ったのか。もっとも、江戸の子どもたちは田舎の子よりむしろ逞《たくま》しい。それくらいのことは、ちゃんと自分でできたりする。

「しかも、おいらのせいなんだよ」

「なんだ、それは？」

「壁から紐《ひも》が出てたんだよ」

と、念次はよくわからないことを言う。

「壁から紐がな……くわしく説明してくれよ」

「うん。じつは、昨日の夕方、おいらはおとうといっしょに湯に行ったんだよ。それで、家にもどる途中、壁から紐が出ているのを見たのさ」

「ほんとの紐か？　ヘビじゃないのか？」

つい先日、ヘビの騒ぎがあった。彦馬は直接には見ていなかったが、なんだか、長いものはあまり見たくない。

「ほんとの紐だったよ。ヘビなんかじゃない。黒くて、つるつるしてそうで、羽織の紐にするとよさそうな立派な紐だったよ」

「ほう」

「それで、そのわきに貼り紙があったんだ。おいら、それは書き写しておいたよ」

「偉いな、書き写しただなんて」

「だって、雙星先生が教えてくれたじゃないか。考えごとをするときは、紙に書いてみるのもいい方法だって。じっくり、筋道立てて考えられるからって」

「うむ」

ほんとにそう教えた。それをこうやって子どもが実践してくれる。なんて嬉《うれ》しいことだろう。

「ほら、これだよ」

念次は、たもとから取り出した紙を広げた。


この紐を決して引っ張ってはならない。

もしも引っ張ったりしたら、大変なことが起きる。

とんでもないことになる。

万が一、引っ張る者がいても、当家ではいっさい責任を負わぬ。

このことは、はっきり申し伝えておく。


ときどきおかしな漢字があったが、ちゃんと書き写してある。たいしたものである。

「へえ、こんなものが」

「それで、おいらは引っ張ってみてえなあと思ったんだ。ところが、紐が上のほうにあって、届かねえんだよ」

「なるほど」

確かに子どもであれば、それは後先を考えずに引っ張ってみたくなったりする。だが、大人だったら、そこまで注意をうながされた不気味なものを、わざわざ引っ張ったりする者は、そうはいないだろう。

「おいらは、おとうに肩車してくれって頼んだんだ。でも、おとうはこんなもの、引っ張らねえほうがいいって」

「それで、引っ張りたいって泣いたのか？」

と、彦馬は笑いながら言った。

「泣くかよ。泣かねえけど、あきらめきれねえ。だから、家から踏み台を持ってきてやってみるって言ったんだ。そうしたらおとうが、じゃあ、かわりにおとうがやってやるって、ぐいっと」

「引っ張ったのか？」

「うん」

聞いただけでどきどきしてしまうような情景である。

「何が起きた？」

いきなり壁が割れたり、上から獣が飛び降りてきたり、あるいはドッカーンと爆発したり……とんでもない事態が起きる気がする。

「しばらく、そこにいたけど、そこでは何も起きなかったんだ。でも、何だ、何も起きねえのかと歩き出したとき、後ろから侍が三人ほど追いかけてきたんだよ」

「まさか、刀を振りかざしてなんていうんじゃないだろうな？」

「いや、刀なんか、振り回さないさ」

「それで、どうした？」

「侍たちは、あの紐を引っ張ったのはそなたかと、訊《き》いたんだ。おとうは馬鹿正直だから、うんと答えたんだ。そしたら、何かごちゃごちゃ小声で話し出して、おとうは用事ができたから、念次は家へ帰ってろって……。おいらは帰ったあとも心配でそこにもどってみたり、そのときあの貼り紙を写したりしたんだけど、結局、昨夜《ゆうべ》はもどって来なかった。今日も、昼間、長屋を見てきたけど、まだもどってなかったんだよ」

念次はそう言ってうなだれてしまった。

「そうか、それは心配だな」

「心配なんだよ」

「よし。行ってみるか」

と、彦馬は立ち上がった。

二

「ここいらあたりだったんだよ」

と、念次が指差した。

「ふうん」

街道沿いは町人地で、店が並ぶ。そこを一歩入ると、武家地や寺地になっている。二人が立ち止まったのは、町人地と武家地のあいだにある通りで、旗本屋敷の裏手にもなっている。

ここは、ざっと三千坪ほどの敷地だろうか。門は角を曲がったほうにあり、この道沿いにずうっと塀がつづいている。こうした屋敷は、外の塀が家来たちの長屋の外壁を兼ねていたりするが、ここは違うらしく、窓は一つもない。下のほうがなまこ壁、上は白壁になっていて、念次が指し示したところは白壁もかなり上のほうである。

小さな屋根もついていて、その上からは常緑樹らしい木々の、緑がはみ出ていた。

「紐はないな」

と、彦馬は言った。

「うん」

貼り紙もない。

だが、小さな穴はある。そこから紐が出ていたのに違いない。

「引っ張ったときに、取れたのか？」

「いや、取れなかった。一尺も引かないうちに、途中で止まったと、おとうは言ってたよ」

「貼り紙はどこにあった」

「その左のところだよ」

たしかに、糊《のり》か何かで貼り付けた痕《あと》はある。

「ちょっとのぞいてみるか」

なまこ壁の出っ張ったところに足をかけ、よじ登るようにした。出っ張りが小さくてすぐに落ちてしまったが、一瞬だけ穴はのぞくことができた。

「駄目だ。向こう側でふさがっているみたいだった」

「そうかぁ」

と、がっかりし、

「おとう、どうしたんだろう？」

不安そうに壁に寄りかかった。

「おいらがいけなかったんだ」

「そんなことはない。そういう、人を試すような、ふざけたものを出しておいたこの屋敷の者が悪いんだ」

と、彦馬は言った。じっさい、腹が立っている。

「でも、相手がこれじゃあな」

念次は悔しそうに壁を見上げた。

「なあに、わたしがかけ合ってやるさ」

彦馬は正門のほうに歩き出した。

怒りがおさまらないまま、

「ご免」

と、門の横に声をかけた。

「何か？」

門番が顔を出した。

たいがいの門番はやたらと偉そうで、六尺棒を片手に、髭《ひげ》なんか生やしていたりする。だが、この門番は穏やかそうである。

「昨日の夕方のことだが、こちらの屋敷にこの子どもの父親が連れ去られた。いまだにもどって来ておらぬ。かわいそうなくらい心配しておる。早く帰していただきたい。わたしは、この子に手習いを教えている雙星という者です」

と、彦馬は抗議の意を込め、大きな声で言った。

「ちと、お待ちを」

門番はいったん奥に消えた。

三

「さ、どうぞ」

門番とともにやって来た用人《ようにん》らしき武士が、彦馬を招じ入れた。念次もいっしょに入って構わないという。

白い小石がまかれた道を奥へと進む。

念次は緊張して、上半身が固まってしまったような歩き方である。

「先生。おれたち、斬られたりするのかなあ？」

と、念次が小声で訊いた。

「そんなことあるものか」

彦馬は笑って、念次の肩を叩《たた》いた。

何となく、屋敷全体が上品なたたずまいである。江戸の旗本屋敷などほとんど入ったことがないので比べようもないが、武張《ぶば》った感じはまったくしない。どこかからうっすらとお香の匂いも漂ってくる。

「こちらへ」

と、案内する用人らしき武士は年ごろ五十ほどか、立派ななりをしていて、物腰もじつに品がいい。

玄関を上がり、右手につづく廊下を歩いた。

「さあ、どうぞ」

十畳ほどの座敷に念次の父親がいた。

「おとう」

飛びついたりはしない。恥ずかしそうにしているが、嬉《うれ》しそうである。

「心配したか。でも、大丈夫だぞ」

念次の父親は、大工だったはずである。立派な体格をしている。とくに憔悴《しょうすい》したようすもなければ、不安そうでもない。ただ、困った顔ではある。

「子どもも心配しています。どういうことでしょう？」

と、彦馬は訊いた。

「当家の秘密にまつわることで……」

と、襖《ふすま》を見た。紅葉とせせらぎを描いた上品な襖だが、ぴたりと閉ざされている。どうもそちらの部屋に何かあるらしい。

「どこの家にも秘密はあるでしょう。だが、こんな幼い子どもの父親を取り上げて返さないなどということが許されるのですか」

と、彦馬はなじった。

「当家のあるじは表高家《おもてこうけ》の前田右京と申して、決して怪しい者ではござらぬ。拙者《せっしゃ》はこの家の用人をしている富田《とみた》庄之助《しょうのすけ》と申す」

居ずまいを正し、頭を下げた。

「それはこれだけのお屋敷を構えておられる。怪しいことはないでしょう。ですが、父子二人だけの家から……」

「二人だけ？」

「母親は親の病で、家を留守にしています」

「そなた、家には若い大工が大勢いるから気にしなくてもよいと」

用人は念次の父親に言った。

「万が一、こいつにも危害が及ぶことになったら大変と、うっかり手出しできねえように、ついホラを吹いちまいました」

「そうであったか」

「一人で飯をつくるくらいはしょっちゅうやってますので、そこらは心配いらねえし」

「なるほど。いや、子どものことを気にかけなかったのはこちらの不手際。すぐにでも女中をつかわし、食事の用意などをさせましょう」

用人はすぐさま女中を呼び、弁当をつくるよう命じた。

「先生。くわしいことは言えねえんですが、あっしもいろいろ迷ってましてね。きっぱり返事をできねえでいるんですよ。それで、一晩、考えさせてくれと言ったのですが、いざとなるとまた迷ってしまうんでさあ」

「ふうん」

何かしっくりこないが、当人がそう言うのだからどうしようもない。

「そうしたら、もう一晩だけ考えてみるかと言われましてね。どうしようかと迷っているところに、先生がお見えになったというわけで」

念次の父親は、申し訳なさそうに言った。

「というわけで、事情は言えぬが、決してわしらが好んで危害を加えることはない。ですから、雙星どのとおっしゃったな、どうかもうすこしなりゆきを見守っていただきたい」

じっさい、奇妙なくらい皆、おだやかな人たちである。生真面目そうでもある。

あんなふざけたようなことをする屋敷の人とは思えない。

彦馬はさりげなく部屋を見回した。年の暮れを控えて大掃除の最中でもあったのだろう。隅のほうには、古そうな掛け軸の束やら、すこし型が崩れた鎧兜《よろいかぶと》、大きな長持などが置いてあり、カビの臭いも漂っている。仏像も二点ほどあり、おそらく本物の金細工だろう。それに銀らしい香炉のようなものもあった。

「では、いいのですね？」

と、彦馬は念次の父親に訊《き》いた。

「へい。ご心配かけてすみません」

念次を見つめて、頭を下げた。

「いま、倅《せがれ》には土産を準備した。また、夜にはようすも見に行かせよう」

念次に風呂敷《ふろしき》包みを持たせた。

それでも彦馬は、文句を言い足りない気がするが、

「では、明日、また来ますからね」

念押ししてとりあえず引き下がった。

「おかしな話だな」

と、原田朔之助が言った。

「そうだろう。わたしも納得いかない気持ちだったが、とりあえず、今日は引き下がることにした。だが、やはり文句を並べ立ててでも、念次の父親を引き取ってくるべきだったかと後悔してるんだ」

彦馬はそう言って腕組みをした。

ここは神田明神下の飲み屋〈浜路〉である。原田はほとんど毎日、ここに来るようになっている。今日の前田屋敷の話は一人で腹におさめていると何かふくれてくるような感じで、原田に聞いてもらおうとやって来たのである。

原田だけではない。今日は千右衛門もいた。

奥には原田ほど日参はしていないが、やはり常連になった鳥居もいた。

「その前田右京という旗本はどういう人物なんだろう」

と、原田が言った。

すると、奥から嘲笑《ちようしよう》をふくんだ声がした。

「なんだ。幕臣のくせに、表高家の前田家も知らぬのか」

もちろん言ったのは鳥居である。

「幕臣と言っても、八丁堀《はつちようぼり》の同心なんぞは足軽同然の身分ですからな」

原田は拗《す》ねたような口調で言った。

「それにしても、ものを知らなすぎる。前田家は、いまでこそ非役の高家だが、いわゆる文官としてはわしの実家に並ぶほどの名門だ」

「へえへえ、そうですかい」

原田はいったんはそっぽを向いたが、

「鳥居さまのご実家？」

と、よせばいいのに訊き返してしまった。

「わしの実家は林家《りんけ》だ。父は、林述斎だ」

どうだ、と言わんばかりの口調で言った。

「林述斎さま……」

表高家は知らなくても、大学頭《だいがくのかみ》の林述斎は知っている。それくらい有名な学者である。

「前田家はわが林家ともつきあいがある。みな上品で、くだらぬ悪戯《いたずら》を楽しむような人たちではない。あまり、自分たちに即して、ものを考えぬほうがよいぞ」

ずけずけとひどいことを言う。

「高家になること自体が、由緒ある家柄だという証明でもあるのだ。なかでもひときわ前田殿は高貴であられる。もっとも何代か前には暴れん坊もいたらしいがな」

と、鳥居はいかにも自慢めいた口調で言った。それは、彦馬からしたら、あまり品のいいようすには思えない。

だが、前田家の人たちがお上品であることは間違いなさそうだった。

織江はこのところ、遠くから浜路を監視している。もっとも、向こうは向こうでこっちの出現を待っているのだろう。

やはり、彦馬のことは気づかれてしまったに違いない。

逃げろと言いたい。静山の屋敷に入ってしまい、つねに静山の身近にいれば、彦馬の身は安全になる。誰もあの静山に近づくことはできない。

だが、彦馬はおそらくそんなことはしないだろう。

——わたしを探すために、江戸にやって来た……。

そして、いまも探しつづけている。いまさら危難が迫ったからといって、安全な場所に駆け込んだりはしない気がする。

刺客が浜路というのがまた、織江にはうんざりすることだった。川村真一郎という男は本当に意地の悪い性格だと思う。力で打ちのめすのではなく、気持ちのほうから追い込もうとする。ああいう男なのだ。他人を苦しめることに快感を覚える。そういう欲望を持つ者がいることは知っている。

宵闇順平、呪術師寒三郎との死闘では、つくづく疲れ果てた。

お庭番というのは、諦《あきら》めるということはないのだろうか？　たった一人のくノ一に抜けられることが、それほど威信を脅かすことになるのだろうか。織江には信じられない気がした。

母さんはこうなることを予想していたのだろうか？

それは絶対にしていたと思う。それでもわたしに、抜け忍の道を歩ませたかったのか。

おだやかな「くノ一の道」もあったのだと思う。

下忍《げにん》のくノ一だって、そうそういつまでもつらい隠密《おんみつ》御用を命じられるわけではない。たいがいはあるところで一線を退き、桜田《さくらだ》屋敷やほかのお庭番の家でこまごました仕事をつづけることになる。

うまく行けば、上忍の家に嫁いだりすることもないわけではない。

母さんはそれでは幸せになれないと思ったのだ。

――生きている甲斐《かい》みたいなものを求めさせたかったのか……。

このところ、母の気持ちばかり考えているような気がした。

四

翌朝――。

朝、起きるといちばんに、雙星彦馬は表高家の前田家を訪ねた。手習いが始まる前に済ませておきたい。

昨夜、何となく思い当たることがあった。

もし、事態が何も進んでいなかったら、彦馬が自分で試してみるつもりになっている。

念次の父親は出て来たが、まだ迷ったような顔をしている。

「まだ、決着はつかないのですか？」

と、彦馬は用人の富田に訊《き》いた。

「ええ。やはり、迷うみたいですな」

富田も疲労困憊《こんぱい》した顔でうなずいた。

「もしかしたら、先祖の遺言のようなものがからんではいないですか？」

と、彦馬は訊いた。

「なぜ、それを？」

富田は慌てた。

「いや、なに、そこにいろいろと荷物が出ていますでしょう。もしかしたら、先祖の遺言でも出てきて、何か試してみる必要でも生じたのかと」

「よく、ご推察を。その通りにございます」

「それを、この者にかわって、わたしがやるわけにはいきませぬか？」

「あなたが？」

用人の富田は呆《あき》れ、驚いた。

「もし、報奨のようなものがあるのなら、それはこちらの念次の父にまわしてくださって結構です」

彦馬がそう言うと、念次の父親は、

「いや、そんなわけにはいきませんよ」

と、すまなそうな顔をした。

「大丈夫です。あなたももう迷いすぎて、判断することができなくなっているのでしょう。ここは、わたしにまかせたほうがいいんですよ」

「そうなると、わたしの一存では決められません。少々お待ちを」

富田はそう言って、一度、奥へ引っ込んだ。

まもなく、若い男といっしょにもどってきた。

「当家のあるじの前田右京でございます」

「雙星彦馬と申します」

彦馬も頭を下げた。

前田右京はずいぶんと若かった。まだ二十歳をすこし過ぎたくらいではないか。

痩《や》せて、顔色は青白かった。

彦馬の前にすっと座ったが、ひな菊が一輪、風に揺れているように見えた。

「あなたがかわりにやってくださるとか」

「はい。よろしければ」

「お願いいたします」

と、前田右京は頭を下げた。

「さあ、こちらに」

隣りの部屋につづく襖《ふすま》が開けられた。

十二畳ほどの部屋である。真ん中に、長持ほどの木箱が置かれていた。

やけに大げさな箱だった。いくつも鋲《びょう》が打たれ、千代田の城の大手門を小型にしたみたいだった。その箱の真ん中あたりから、紐《ひも》が出ていた。

「じつは、ご推察のとおり、先日の大掃除のときに、これが出てきたのです。そして、いっしょにこの書状もついていました」

と、畳んであった書状を開いた。

それには、遺言状とあった。


まずは、屋敷の塀に穴を開け、以下の文言を記した紙を貼ること。

と、あって、念次が書き写したものと同じ文面があった。

そして、さらに、

これで引いた者がいたら、その者を屋敷に招じ入れ、次の箱の紐を引くかどうかを尋ねること。もしも引くなら、五両を進呈すること。引かぬなら、決して他言はせぬことを約束させること。


といった文面になっていたのである。

すなわち、いま、目の前にある箱が、この遺言状にある「次の箱」だろう。

「やはりね」

と、彦馬は言った。だいたいこんなところだろうと思っていた。

「じつは、足に怪我をしてましてね」

と、念次の父親が言った。見ると、右足が腫《は》れている。どうやら釘《くぎ》でも踏んだらしい。

「そうでしたか」

「重いものが持てねえんで、しばらく大工はできません。この五両があればものすごく助かるんです」

「お気持ちはわかりますよ」

と、彦馬は言った。だが、紐を引けば、何が起きるかわからない。もっとひどい怪我をすれば、五両どころの話ではなくなる。紐を引こうとして、それを思ってしまうのだろう。

「先生、やっぱりお止めになったほうが」

念次の父親が心配そうに言った。

「いや、大丈夫です」

彦馬がやるとなると、それまでいなかった家の者がぞろぞろと集まってきた。だが、近くには来ない。隣りの部屋や廊下で、恐々と遠巻きに眺めている。

あるじの前田右京は、用人の富田に引っ張られるように、隣りの座敷のいちばん後ろまで下がった。

念次の父は、責任を感じるのか、部屋からは逃げずに、身を固くしている。

「一言だけ、申し添えておく」

「はい、どうぞ」

と、富田が言った。

「この遺言をした先々代は、他家から養子に来られた。その前は、大筒《おおづつ》役にいた。

どういうことか、おわかりか？　火薬の扱いにも慣れていたということです。それは、伝えておかねば、当方の卑怯《ひきょう》というものでござろう」

「わかりました」

だからといって、いまさら決意は変わらない。

「いきます」

と言って、彦馬は紐を引いた。軽く手ごたえがある。

ばたっと箱が開いた。途端に、
シュッ。

という音がして、ぱあっと炎が上がった。

「うわっ」

思わず、のけぞった。

皆がいっせいに逃げ出す音がしている。

だが、炎はすぐに消えた。火薬の臭いは残っている。

「爆発するぞ」

と、後ろで叫びが上がったが、それは庭の奥からである。もうそこまで逃げて行った。

彦馬も一瞬は逃げようとしたが、何か変である。炎が出たところを見たが、それ以上、燃えたりする気配はない。導火線に火がついたというようすもない。

「虚仮威《こけおど》しだろう」

よく見ると、開いた箱の中にもう一つ箱がある。長さが一尺ほど、手文庫ほどの大きさである。それにも紐が出ている。

「もう一回か」

と、また、それを引いた。

今度は炎も上がらない。ただ、書状が一枚、出てきただけである。

「終わりました。大丈夫ですよ」

と、彦馬は遠ざかっていた屋敷の者たちに声をかけた。

「大方、そんなところだろうとは思ったのですが」

と、前田右京は言った。

——だったら、さっさと自分で引けばいい。

彦馬はそう思ったが、やはりそれは言えない。

最後に出てきた書状の文面は、かんたんなものだった。


この紐を引いた者を、家禄《かろく》の三分の一を出しても、家来に雇うべし。

とだけあった。

意図は察することができる。養子に入った先々代は、この家の者があまりにも武士らしさを失い、貴族のようになっているのを見て、不安に思ったのだろう。これでは、いざ、ことが起きたときに、対応することができない。そのためには、無鉄砲で蛮勇と言える性格の者を、家臣にしておく必要がある――そう思ったのではないだろうか。

「雙星どの。いかがでござる。当家の家臣に」

前田家はいま、二千石をいただいている。その三分の一といえば、七百石の禄米をもらうことになる。

平戸では、三十俵一人扶持《ぶち》だった。二十倍ほどになる。

だが、迷うことなく断った。

「残念です」

前田右京が泣きそうな顔で言ったので、それだけはつらかった。

そのかわり、念次の父親が、中間《ちゅうげん》として雇われることになった。大工の稼ぎを上回る報酬が約束された。

念次の父親は、先祖はやはりどこかの家で足軽をしていたそうで、

「供養にもなりますかね」

と、のん気なことを言った。

五

玄関口から出ようとして、

――ん？

ふと、彦馬の足が止まった。

「もしかして、壁の紐《ひも》を引いた男は、ほかにもいませんでしたか？」

と、見送りに来た用人の富田に訊《き》いた。

「うむ。もう一人いた」

同じように頼んだが、念次の父親ほどは迷わず、半刻（およそ一時間）ほど思案して帰ってしまったという。

「どういう男でした？」

「まだ若くて、目つきなどはあまりよくはなかったかな」

念次の父親は、むしろ子どものために引いた。だが、何が起きるのかわからないことをやる者は、蛮勇もあるだろうが、どこか自棄《やけ》っぱちになっている男ではないか。

しかも、その男はこの屋敷の者が皆、頼りなく、武勇もそっちのけの人間ばかりだとわかったはずである。

さらには、あの書斎に並べられた先祖代々のお宝。

「まずいでしょう」

と、彦馬は言った。ああした悪戯《いたずら》は、余計なものまで引っ張り出してしまう。

「まさか」

富田は不安げな顔をした。

「いや。今夜あたりは危ないですよ」

晴れた師走《しわす》の空を見て、彦馬は言った。


その夜のことである。

「待て」

と、彦馬が声をかけた。

「げっ」

塀を乗り越えてきたばかりの若い男が息を飲んだ。

「馬鹿げたことを考えるなよ」

「なんだと」

「あの紐のことから、この屋敷を舐《な》めたのだろう」

「けっ、へっぽこだらけの屋敷が」

「それが間違いだ。あの紐は、蛮勇の者を見つけるのと同時に、町の曲者《くせもの》を洗い出す意味合いもあったのだ」

彦馬はじっさい、そう思ったのだ。それで屋敷に緊張感や危機感も持たせることができる。おそらく先々代は子孫に喝を入れんがためにかなりの荒技を試みたのである。

「なんだと」

「お宝なんぞを狙ったりせず、一生懸命働け」

「糞《くそ》ぉ」

男は刃物を取り出した。月を映してぎらりと光った。

「こいつ」

後ろから念次の父親が棒を叩《たた》きつけようとしたが、空振りに終わった。踏み込みが足りないのだ。

「きえーっ」

叫びながら、彦馬のほうに突いてきた。

これを落ち着いて見ながら、手首を摑《つか》み、持ち上げるようにしながら、身体を寄せた。腕を抱えたまま、荷物を背負うようにして、身体全体をひねる。

静山に習った一本背負い。これしかできない。

だが、うまく決まったらしく、信じられないくらい高々と飛んだ。

背中から地面に落ちた。

「痛《い》てて」

「今度だけは見逃してやる。二度と近づくなよ」

門から男を叩き出した。

「お見事」

と、後ろから声がした。

前田右京と用人の富田が庭を横切ってやってきた。二人とも鎧兜《よろいかぶと》をつけ、たいそう仰々しい戦さ仕度になっている。

「あざやかな腕前。われらの出番はありませんでした」

と、富田が言った。

「いえ、そうやって控えていてくれたから、安心してやれたのです」

「いやあ、つくづく雙星どのをお迎えできなかったのは残念です」

「とんでもない」

「じつは、もうひとつ、開けていない長持がありましてな……」

富田の話が始まる前に、彦馬は急いで門から逃げ出していた。

「おそらく、雙星彦馬のことは察知されました」

と、雙星雁二郎は言った。

「なんと」

松浦静山は眉《まゆ》をひそめた。

「だからこそ、三人目の刺客は妻恋坂のすぐ近くに店を出したのです」

雁二郎は、浜路のことを静山に告げていた。

「やつらは雙星に危害を加えようとするだろうか？」

「それが、織江さまをおびき寄せることになると思えばするでしょうな」

「ううう、なんと」

「こちらから先に出ますか？」

「そうすれば、いきなりお庭番との全面戦争になるぞ」

「そうでしょうな」

雁二郎もめずらしく険しい顔をした。お庭番にはまだまだ底が知れないところがある。なんといっても、あの組織は幕府の中枢に密着しているのだ。

「それより、わしらはあっちのほうを急がなければなるまい」

と、静山は言った。

「あっち？」

「そなたに、長崎のシーボルトの元に行ってもらわなければならぬ」

「なんと。では、織江さまは？」

「それさ、とりあえず心配なのは」

「さすがにお庭番の刺客は、いずれも腕が立ちます。宵闇順平は油断していたところで一瞬の隙を突きました。呪術師寒三郎には、織江さまの手助けがあったから勝てたようなものです。次の刺客もおそらく、相当な腕の持ち主……」

「ううっ。いっそのこと、わしが父であることを名乗り出て、庇護《ひご》してやろうか」

と、静山は言った。

「さあて、どうでしょう？」

と、雁二郎は冷たい笑いを浮かべた。

「何だ、その笑いは？」

静山は憮然《ぶぜん》とした面持ちで訊いた。

「これは言いにくいのですが、男親というのは、娘の自分に対する情愛を過信する向きがありましてね」

「え？」

「親が思うほど、娘は父親のことを好きではありません」

「そうなのか？」

静山は不安そうに訊いた。

「ずいぶんいろんな話を聞きます。父親のふんどしと自分のものは、絶対に同じ水では洗わないとか、旅先で父親と同じ部屋に寝ることになったら嫌がって泣いたとか、父親が家に帰るとすぐに寝たふりをするとか」

「それは情けないな」

「はい。友だち同士では、父親のことを気持ち悪いなどと言ったりもします。よく、芝居などに出てくる父娘《おやこ》の情愛の場面。あれは、じっさいにはなかなか見かけない夢のような場面だから、胸を打たれるのです。あんなものが、自分の暮らしにもあると期待したら、とんでもなく落胆なさいますぞ」

「はあ」

と、静山はため息をついた。

「しかも、御前の場合は、たまさか雅江さまとめぐり会って、真実を知らされたのでありましょう。それまでは、いることも知らず、二十数年間もうっちゃりっぱなしでした。猫の父親でも、もうすこし面倒を見ます。そんな父親に情愛を抱きますか？　のこのこと庇護してもらおうとやって来ますか？　わたしだって、そういう図々《ずうずう》しい申し出はあまり受けたくありませんよ」

　雁二郎は冷たく言った。

「そなたも意外にものがわかったようなことを言うのだな」

「それはよく言われます。人生の見巧者《みごうしゃ》だとか」

　雁二郎はぬけぬけと言った。

「たしかに、上屋敷にいる静湖《せいこ》のようすを見ても、それは感じるな」

「そうでございましょう」

　静山はしばらく肩を落としていたが、

「しかし、娘の危機に力を貸すのは、親の責務だからな」

「それは正しいお考えです」

　と、雁二郎はうなずいた。

「気持ち悪いと思われても、こっちはかわいく思っている」

「それも健全なお考えです」

　雁二郎は重々しくうなずいた。

「織江は、浜路とやらが刺客であることに気づいているのだろう？」

「もちろん知っています」

「ならば大丈夫であろう」

「さあ、どうでしょうか。わかりました。旅立つ前になんとかしておきます」

無理に値引きする商人のような顔で言った。

「くれぐれも頼む」

「でも、心配は織江さまだけではないでしょう」

「松浦丸のことか」

「ええ。あの鳥居という男。あのまま、引き下がりますか？」

「しつこいだろうな」

「あれをネタに、また何か仕掛けてくるのでは？」

「そうか、そっちも心配か」

「ですので、仕掛けはすましておきます。ちょっと風が吹けば、たちまちばらばらになるように」

「それは助かる。雁二郎、ずいぶんな働きだな」

「そのかわり、御前」

「わかっておる。吉原《よしわら》で豪遊であろう」

静山はうんざりしたように言った。

この日——。

雙星雁二郎は急いで二つほど仕事をしてから、静山とともに吉原にくり出した。さんざん大騒ぎをし、雁二郎は江戸で磨き上げた芸を総ざらいして、長崎へと旅立っていったのである。

第四話　すけすけ

一

話はいったん、すこしだけもどるのだが――。

松浦静山が、雙星雁二郎と吉原で豪遊したときのことである。

幇間《ほうかん》なども大勢あげて、他の部屋の客まで加わるわ、静山を取り合って花魁《おいらん》同士がつかみ合いの喧嘩《けんか》を始めるわで、結局は何が何だかわからないような馬鹿騒ぎになったのだが、そのとき、いっしょに遊んだ男の中に変なやつがいた。

蘭学《らんがく》を修め、さらに陰陽道《おんみょうどう》も極めたと自称する男で、こいつが馬鹿騒ぎの最中に静山をそっと廊下に呼び出して、

「着物が透けて見える目薬を発明したので買いませんか？」

と持ちかけたのである。

もともと静山は怪しげな話が大好きなうえに、このときは酒も入っているから、

追い払うことはせず、ざっと話は聞いた。

目薬を差すだけでいい。とくに、女の肌は脂がのっているせいか、男よりもずっとよく見える。冬は厚着なので、ぼんやりした感じもあるが、夏などは清流をヤマメが泳ぐように、きれいにはっきりと見えるという。

「ほう。嘘ではあるまいな」

「断じて嘘ではありませぬ」

だが、だいたい顔つきからしてうさん臭い。視線がきょときょとしている。

臨月になった牝犬《めすいぬ》のぶるぶるの芸で座の爆笑を買っていた雁二郎も廊下に呼び出して、この話を聞いてもらった。

「どう思う、あやつの話は？」

そっと雁二郎に訊いた。

「あ、あれは嘘です。嘘で飯を食ってきた男の顔をしています」

と、雁二郎は一笑に付した。

「そうだろうな」

「忍びの修行をしたが、結局、技が身につかずに終わったものが、しばしばあっちの道に行ったりします。手妻使いでもない、口先だけの詐欺。あいつは忍びとは関係ないでしょうが、間違いなく嘘だらけの人生を送ってきたやつです」

「だが、透けて見える目薬というのは見たくないか？」

と、にやりと笑って訊《き》いた。

「そりゃあ見たいです。だが、それはおそらくここではやりませんよ」

「そうか？」

「そのうち、別なところで接触してきます。それはわたしも見たいですねえ。長崎行きをすこし延ばしてもいいですか？」

雁二郎もこういうことは嫌いではない。それどころか、口上の文句なども下手をすると自分の芸に取り入れるつもりだったりする。

だが、事態は逼迫《ひっぱく》していて、静山からしたら、本当ならこんな吉原の豪遊などは経費の面からもやりたくはないのである。

「駄目に決まっているだろうが」

静山は首を横に振った。

というこことで、雁二郎は長崎に旅立ったのだが——。

その三日後である。

雁二郎が予想したとおり、その男が接触してきたのである。

冷たい風が吹く両国橋の上であった。

「あ、松浦静山さま」

「ん？」

すぐにわかったが、しらばっくれた。

いかにも偶然に会ったふうだが、そんなわけはない。平戸藩の元藩主、松浦静山ということは誰かに聞いたであろうから、下屋敷の前で見張ったりしているうち、静山が出てきたので、後をつけてきたのだろう。腕の立つ者の気配はすぐにわかるのだが、こういうぽおっとしたやつの気配は、犬や猫に近いので、かえってわかりにくい。

「誰かな？」

「このあいだ、吉原でお会いしました勘平《かんぺい》でございます」

「ああ、そういえば」

「目薬のことをお話ししまして」

「思い出した。わしも興味を持ったのだ。なぜ、屋敷を訪れなかったのだ？」

「いやあ、こんな話をお屋敷でしたら、ご家来衆などに叱られますから」

どうせ、こっちの屋敷に来てしまったら、思いどおりの仕掛けはできないからである。

「では、どうしたらいい？」

「あっしが料亭を準備します。そこへ来ていただけたら」

「うむ。わかった。もう一人、連れて行ってもよいか？」

と、静山は訊いた。

勘平は警戒するような顔になった。

「もう一人？」

「わしの家来にそういうのが好きなやつがいる。いっしょに連れて行きたいのだ。かまわぬか？」

「もちろんでございます。明日はちょっと用事が入ってまして、明後日《あさって》はいかがでしょう？」

「よし、わかった」

と、静山はうなずいた。

そのあとで、好奇心の強さに、自分でもうんざりしたりする。嘘と知りつつ、どういう嘘になるのか、見てみたいのだ。

子どもたちを前に、彦馬が話していた。

「今日の習字は、いまの自分がいちばん欲しいものとか、興味を持っているもの、気になっていることなどを大きな字で書いてみてくれ」

「何だっていいのかい、先生？」

と、いちばん前に座っていた専太が訊いた。

「ああ、何でもかまわない」

「お手本を書いてよ」

「よし、わかった」

筆をとり、大きな字でいっきに、

「織姫」

と、書いた。

「織姫ってなんだい、先生？」

「ま、星だな」

くわしいことは言ってもわからない。

「先生、織姫の星は夏の夜空に出るんじゃないですか？」

物知りのおゆうが訊いた。

「いや、夏の宵の口にちょうど真上あたりに来るからそう思われるんだが、いまどきも出ている。ちょうどいまごろ、空の真上にある」

と、彦馬は天井を指差した。

「えっ、そうなの」

「出てるけれど、明るいから見えないだけだ。見えないからないわけじゃない。そういうものはいっぱいあるんだぞ」

「そうだよね。いまも、あるんだよね。先生に何度も天球儀を見せてもらっていたのに、そこまでは考えなかったよ」

おゆうは閉めてある障子戸をすこし開けて、冬の空を見た。隙間から見えた冬の空は真っ青に晴れ渡っている。

すると、庭のほうから、松浦静山がまわってくるのが見えた。

「御前」

「うむ、よいよい。手習いの途中だろう。一区切り着くまでそこに座っている」

と、縁側を指差した。

「いや、そこは寒いです。隣りの部屋に」

「そうか」

と、静山は縁側のほうから隣りの部屋に入った。

「そんなわけだ。べつに二文字とは限らないぞ。何文字でも好きなだけ書いてくれ」

と、彦馬は子どもたちに言った。

字の稽古《けいこ》はもちろんだが、こんなところから子どもたちが気にしていることや、やりたがっていることもわかるのではないかという狙いもあったのだ。

子どもたちが、考えはじめたのを見てから、彦馬は隣りの部屋に入った。

「御前、何か？」

「いや、たいしたことじゃない。ただ、こんな話があってな……」

と、一連の話をし、

「そなたにもいっしょに行ってもらおうと思ってな」

「え？　着物が透けて見える目薬のために？」

彦馬はそう言ったが、気持ちは顔に出たらしい。

「嫌か？」

「嫌かどうかということより、わたしには妻がいますので」

彦馬がそう言うと、静山は苦笑した。

「そなた、あいかわらず固いな。別に吉原で遊べと言っているわけではないぞ。透ける目薬をいっしょに試そうと言っているだけではないか」

「ですが、それでおなごの裸を見るのでございましょう」

「それはそうだ」

「いくらで買えと？」

「たしか八両と言ってたかな」

「は、八両……」

彦馬は呆《あき》れた。

「値切ってもいいぞ」

気前のいい静山だから、値切ってもせいぜい一両といったところだろう。

「約束はいつですか？」

「明日の昼七つだ」

それならこの手習いも終わっている。

「うん」

と、彦馬はしばらく考え、

「では、ごいっしょはさせていただきます。でも、目薬を差されるときは目をつむるというのではどうでしょう？」

と、提案した。

「それでは、どういう仕掛けになっているかわからんだろうが」

「いや、前のようすとか、その後のこと、ほかの動きなどを見れば、裸なんか見なくても状況はわかります」

「ふうむ。そなた、やっぱり変なやつだな」

「いまだって、だいたい想像はつきます」

「いまも？」

「ええ。おそらく、あまりいろんなものは見えない個室のようなところに通されるのです。そこで、その目薬というのを目に差されるのでしょう。そのあいだに、前にいたおなごが、袷《あわせ》になっていた着物の上のほうをぱっと剝《は》いだりするのです。下は薄い絽《ろ》の着物ですよ。当然、裸が透けて見えます。せいぜいそんな程度だと思います」

と、彦馬は言った。

「ほう」

「御前がわざわざ見に行くほどのものではないと思いますよ」

「だが、たとえそんなものでも、それですけすけの女が二十人ほど並んだりしたら、なかなか見事ではないか」

静山は、吉原にいるときもこんな顔をしているのだろうと思えるような、悪戯《いたずら》っぽい笑いを浮かべて言った。

「御前、そんな詐欺のために、わざわざ二十人も並べますか」

「そりゃそうだな」

「まあ、金持ちであれば、ふつうはたった一人でもすっかり喜んで、その目薬を買ってしまうでしょうね。でも、嘘っぱちということがばれないように、この目薬は強い薬だから、一日一回以上はお使いにならないように、とかなんとか言われてしまうわけです。翌日、おなごが大勢いるところに行き、喜んで目薬を差しますが、何も変わるわけがありません。やられたなとようやくわかるのです」

「だが、そやつもそんなことをしていたら、そのうち手が後ろに回るだろう？」

「回らないと思います。なぜって、そんなみっともない失敗を言えますか。裸が見たくて、透けて見える目薬を何両も出して買ったなんて、恥ずかしくて言えませんでしょう？」

「確かに」

「そやつ、またまた次のお客を見つけます」

「そなた、そこまで想像できるということは、意外にそっちの才能もあるかもしれぬな」

「そうですか」

静山に言われて、彦馬は自分でもすこし不安になった。

「あ」

子どもたちのことを忘れていた。

すっかり話が長くなってしまった。

がらりと戸を開けると、いちばん前に座っていた専太が慌てて自分の席にもどった。

「できてるかな？」

彦馬は専太の紙を見た。なんと、そこには踊るような筆致で、

「すけすけ」

と、書いてあった。

二

結局、彦馬は静山のお伴《とも》をすることになった。自分の想像がどれくらい当たったか、それを確かめてみたくなったのである。

西海屋で待ち合わせてから、両国へ向かった。

「ここだ」

両国橋西詰めのすこしはずれにある水茶屋である。

寒くなると閉めてしまう水茶屋も多いが、ここは師走《しわす》でも開けている。こういうにぎやかなところだから、待ち合わせなどで利用する人が少なくないのだろう。

それでも寒さしのぎに、客が座ると小さな火鉢を持ってきてくれる。それに手をかざし、温かい茶をすする。

「あ、来た。あやつだ」

と、静山が顎《あご》をしゃくった。

歳は彦馬と同じくらいか。派手な柄の着物を着て、いかにも遊び人といった風情である。だが、なんだか元気がない。人をだますというより、だまされてしょんぼりしているように見える。

「勘平、どういたした？」

「ええ。ちょっと面倒なことがありましてね」

「ほう」

「やっぱり、例の目薬を売るという約束は、とりやめにしてもらえねえですか？」

勘平は申し訳なさそうに言った。

決して善良な暮らしを送っているわけではないだろうが、すまなそうな表情には人の良さも感じられる。

「何だ、がっかりだな」

「申し訳ありません。ちょっとそれどころではなくなってしまいまして」

「相談に乗ってやってもいいぞ」

と、静山は言った。

「いやあ、それは」

「遠慮するな。それはわしらにだって、できることとできないことはある。できることしか助けてやることはできぬが」

「そんなことを言っていただくと嬉《うれ》しいのですが……」

　勘平はしばらく迷っていたが、

「じつは、昨日のことなんですが、やっぱり透ける目薬を買いたいというお客と会いましてね」

「うむ。どこか、そこらの料亭で試させたのだろう？」

「そうなんです」

「それで目薬をつけますと、着物が透け、目の前の女の裸が丸見えになったのです。あっしは嘘は申しませんで。この方もこれは凄《すご》いと。十両出しても惜しくないと」

「値は八両と申していたな。それでは喜んで買っただろう」

「ところが、そこから話はおかしなことになりましてね」

「どうなった？」

「そのお客は、女の着物が透けて見えるくらいだから、箱の中も透けて見ることはできぬかと訊《き》いたんですよ」

「箱の中？」

「木箱のようなものだそうです。あっしは、もちろんですと。ただし、薬は多めに差すことになりますがと」

「あっはっは。面白いのぅ。それで買ったのか？」

「買いました。いまから思えば、売らなければよかったんですが」

「どういうことだ？」

「その木箱はすぐに見たいんだそうです」

「見ればよいではないか」

「でも、その薬は一日に一度しか差してはいけねえんです。強い薬なんで、あまりつづけて差すと、目がつぶれてしまうんです」

「やっぱりそうか」

と、静山は彦馬を見て微笑んだ。どうやら、彦馬が想像した通りの筋書きだったらしい。

「そのお客は、この日の分を差してしまったわけです。それで、あっしにその木箱をのぞいてくれというわけですよ」

「ふうむ。まあ、仕方がないだろう」

「そうですよね。ただ、まあ、木箱の中というのは、着物みたいな薄いものと違って、なかなか大変なわけです。そのことを言いますと、言い訳は聞かない。見えると言って八両の大金で売りつけたのだから、ちゃんと見ろ。目薬で見えなかったら、忍びこんでこじ開けてでも見ろと。ほとんどヤクザのような口調で脅されました」

「ほう」

「それから無理やり、その木箱が見えるところに連れて行かれました」

「それで、見たのか？」

と、静山は興味津々といった顔で訊いた。

「それが、その木箱というのが、昨日、入るはずだったのに、一日遅れることになったんだそうです」

「今日になったのか？」

「はい。夜になるそうです」

「逃げればいいではないか」

と、静山は言った。

「逃げろと言われましてもねえ」

勘平は泣きそうな顔になった。

「そなたの得意技だろうが」

「え？」

「なぜ、逃げぬ？」

「それなんです。その旦那《だんな》は、最初にあっしが声をかけたとき、あっしの後をつけて、住まいから家族のことまで調べていたんで」

「ほう」

「もし、あっしが逃げたりすれば、家族全員の命はないと。はっきりは言わねえんですが、そんなことを匂わせるんでさあ。こんなあっしでも、倅《せがれ》と娘が一人ずついて、かわいいものでして」

「なるほどな」

「だから、今宵《こよい》は何としても木箱の中を見なくちゃならねえんで。そういうわけで、あっしは悩んでいるんです」

「御前、危ない話ですね」

と、彦馬が言った。うかつに首を突っ込むと、まずいことになるような気もする。

「うむ、かなりきな臭い話だな。おい、勘平、話がややこしくなるから、もう嘘は申すな」

「う、嘘とおっしゃいますと?」

「透けて見える目薬だ。そんなものは出鱈目《でたらめ》に決まっているだろうが」

「は?」

まだ、しらばくれるつもりらしいが、

「どうせ、着物の上をすばやく剝《は》いで、絽《ろ》の着物を透けて見えるようにしただけだろう」

静山にそう言われて、目を丸くした。

「ど、どうしてそれを」

「その旦那というのも、端《はな》からそれを見破っているのさ」

「まさか。何のために、あの旦那がそんな芝居を？」

「小悪党のそなたが、大悪党のその男に捕まったのさ。なあ、雙星」

「はい。わたしもそう思います」

と、彦馬はうなずいた。

この男はその木箱の中身をのぞくために、利用されている。いまは真冬だが、飛んで火に入る夏の虫ということになってしまったのだろう。

だが、家族を殺すなどというのは、やはり単なる脅しと思われる。いくら悪党でも、これくらいのことでむやみに人殺しをしていたら、自分の身を危うくするくらいは見当がつくだろう。

ただし、口封じのため、勘平の命が奪われるというのは、考えられるかもしれない。

「そなた、危ない橋を渡らされるぞ」

静山は勘平を脅した。

「ど、どうしましょう？」

「その木箱というのは、どこに入るのだ？」

「その旦那の店の隣りです。店は大伝馬町《おおでんまちよう》の二丁目にあります」

ここからだと、朝飯を食べ終えるくらいの時間しかかからない。

「どうだ、雙星、見に行くか？」

と言いながらすでに立ち上がっている。

こうなると静山は止められない。

だとしたら、彦馬だけが逃げるわけにはいかない。

「はい。お伴します」

と、立ち上がった。


大伝馬町は、大きな問屋が並ぶ通りである。二丁目あたりはとくに煙草の問屋と、薬種問屋が目立った。

「あそこです」

と、勘平が指差したのも、大きな薬種問屋である。看板には〈寿楽堂《じゆらくどう》〉とある。

「隣りも薬種問屋だな」

さりげなく通り過ぎてから、立ち止まって静山が言った。

「そうなんです」

隣りの看板は、〈金州屋《きんしゅうや》〉とある。

細い路地を挟んで隣り合っているが、二つの店が犬猿の仲であることは、店の前に下がった宣伝文を見ただけでわかった。

金州屋には、こんな宣伝文が下がっていた。

「日本一肝臓によく効く金肝」

その隣りの寿楽堂では、こんな宣伝文になっていた。

「おおげさな嘘は言わぬ、試せばわかる肝寿丸」

しかも、見ていると、金州屋では手代がこんな貼り紙をするところだった。

「試してわかった金肝の効き目」

おそらく、こんなことを日々、繰り返しているのだろう。
四、五軒先の店の前で、二つの薬種問屋を見ていると、寿楽堂の中からでっぷり肥った五十くらいの男が出てきた。
「あ、あれが旦那です。目薬に引っかかってきた旦那です」

と、勘平はそう言いながら、顔を見られないよう後ろを向いた。

「なるほど」

静山は言った。旦那は、いかにも悪党といった顔つきである。あれが善人だったら、地獄は極楽より居心地がいいところに違いない。

「ん？」

静山の目が、隣りの金州屋から現れた身なりのいいあるじらしき男に釘付《くぎづ》けになっている。ひょろっとして、首がやけに長いのが特徴的である。

「御前、ご存じなので？」

と、彦馬が訊《き》いた。

「うむ。あの金州屋のほうをな。いまから十四、五年ほど前だったか、あやつを一度、平戸の沖で捕まえたことがある」

「なんと」

「抜け荷の品を積んでうろうろしていたが、薩摩《さつま》の手札を持っていたので、拘留したりはせず、そのまま逃がした。海賊だ、あれは」

ふだんは、松浦一族も海賊だと、いくぶん自慢げに言っていたが、今日の海賊という言葉にはずいぶんな侮蔑《ぶべつ》がこもっていた。

「あれが、薬種問屋とな……。これはろくでもない話が進んでいるのに間違いないな」

と、静山は面白そうに言った。

「それで、昨日はあの路地のところにいて、荷物が着くのを待ってました」

と、勘平が指を差した。

「〈四国物産〉と大きく書いてある荷物だと教えられていました」

「なるほどな」

「それで、そなた、どうする気だったんだ？」

「目薬じゃ見ることはできませんから、すぐにもどると約束して、道具を持って来ました。これで木箱に穴を開けましてね」

と、ずいぶん太めの錐《きり》を見せた。

つねづね、ろくでもないことをしているので、奉行所などに助けを求めることはできないにせよ、そのときだって逃げるくらいのことはできた。それがもどってきたということは、よほど脅しが利いていたのだろう。

「あっしの知り合いに腕利きの大工がいて、そいつに頼んで貸してもらったんです」

「それで穴を開け、中をのぞくのか？」

「ええ。それでもわからなきゃ、これを穴に差し込んで、中身を確かめればいいと」

篠竹《しのだけ》の節をくり貫いて、細い筒で先が匙《さじ》になったような道具を見せられた。米などの荷物の中身を見るのに使っているのも見たことがある。

「そう来たか。まあ、それしかないわな」

と、静山は言った。

三

夕刻が迫りつつある。

「もう、そろそろ、寿楽堂に行かねえと、家族がひどい目に合わされそうです」

と、勘平が落ち着かなそうに言った。

「どう思う、雙星?」

と、静山は訊いた。

「難しいですね。どうして寿楽堂が、隣りの金州屋に入る荷物をそれほどまでのぞきたいかです」

「危ない荷物なんだろうな」

「御前もそう思われますか」

「うむ。だが、ちょっとした抜け荷くらいでは、そこまでして見たがらないだろう?」

「はい。そう思います」

彦馬はうなずいた。

「阿片《あへん》か？」

と、静山はつぶやいた。

「え、阿片……」

勘平の顔が強張《こわば》った。まさか、それほどの悪事に関わってしまったとは、夢にも思っていなかったのだ。

「それがいちばん考えられますが、阿片などはよほど膨大な量でなければ、別段、木箱になどしなくてもよさそうですよね」

「うむ。確かにそうだ。たぶん、ごまかすために、周りに余計な穀物だの薬草だのを入れたりしてるのだろうな」

「おそらく、そうでしょう」

「だが、わざわざこんな頼りない小悪党を使わず、自分でのぞいてみればよさそうだがな」

静山は目の前にいる勘平を見ながら、遠慮のないことを言った。

「それなんです」

と彦馬もうなずき、すこしのあいだ考えて、

「こういうのはどうでしょう？　あの二人よりも、もっと強大な力を持った連中がいるわけです」

「うむ」

「それが、最初に寿楽堂のほうに、阿片の話を持ち込んだとします。寿楽堂は何となく不安を感じて断った。すると、断られたほうは、金州屋に話を持ち込んだわけです」

「ほう」

「もし、それが真実なら、金州屋より大金を積んでも、寿楽堂は自分のところでやってみたい。だが、本当にそうかはわからない。いったん断ったものを、こそこそのぞいているなどというのは、沽券《こけん》にかかわる。そんなときに、この勘平さんと知り合った。目薬を飲めば、何でも透かして見ることができるときた。そんな話は信じられないが、あいつを脅して調べさせてはどうか。あいつなら、失敗して始末されてもどうということはない。万が一、うまく行けばめっけものといったあたりで」

と、彦馬は言った。

この話に勘平は震えるばかりで声も出ない。

「そうだな。それにしても、阿片とはふざけた真似をする」

「阿片の抜け荷はすくないと聞いてましたが」

「うむ。わが国より清国のほうが高く買うし、あそこで皆、費やしてしまう。向こうの売り手もわざわざ危険を冒して持って来る意味がなかったのさ。だが、こっちから買い付けに出るものがいれば、そりゃあ売るやつもいるだろう」

「それがその大本ですかね」

「たぶんな。許せぬな」

と、静山は怒りをあらわにした。

「はい」

「わしは国は開きたいが、阿片なんぞを持ち込むためにやるわけではない。なんとか邪魔立てをしたいものだ」

しかも、静山が行動を起こす前に、こうした抜け荷が発覚すれば、海の警戒はますます強化されてしまうだろう。

「とりあえず、どうします？」

「ひとまずこの男を助けよう。わしらも中身を確かめたい。だから、仕事をするとき、やりやすくしてやるのだ」

「そうしましょう」

夕刻になった。

勘平が金州屋の店先にぼんやりしたようすで立ち、静山と彦馬はさりげなく、店の前を行ったり来たりする。

たしかに荷車がやって来た。たくさんの荷物ではない。木箱が一つだけである。言ったとおりに〈四国物産〉と木箱に書いてある。

「どけ、どけ。ほら、邪魔だ」

大声を上げて、通行人を追い払う。

そこへ静山がふらりと出て行くと、わざとぶつかった。ごろごろっと、道端に転がる。彦馬の目から見たら、いかにも大げさである。

「あっ。お武家さまが」

身なりのいい、どう見ても大身の武士である。そうでなかったら、大身の武士に扮《ふん》した松本幸四郎である。

向こうも慌てた。怪我でもさせたら大変である。

「これはあいすみません」

「ううっ」

立とうとするが立てないといったふうに、肋骨《ろっこつ》のあたりを押さえてしゃがみ込んでいる。

荷車が止まっている。押していた三人だけでなく、店の者も静山を心配そうに取り囲んでいる。

首の長いあるじらしき男が飛び出してきて、しきりに詫《わ》びている。

「いまだ」

と、彦馬が勘平に言った。

「へい」

勘平がいっきに錐《きり》を打ち込む。馴《な》れた手つきで、錐の先はすぐに板を通り抜けた。

「痛てっ」

木箱の中で声がして、木箱が揺れた。

——嘘だろう？

彦馬は唖然《あぜん》とした。中は荷物ではない。人が入っている……。

「もう、いい。よせ」

彦馬が慌てて、勘平を止めた。


「雙星彦馬を殺せと？」

浜路が目を瞠《みは》った。

お庭番の本拠とも言える桜田御用屋敷である。

浜路は川村真一郎の住まいに来ている。前に置かれた茶は、川村が点《た》ててくれた抹茶ではない。下忍でもない、ただの小間使いが持ってきた出がらしの煎茶《せんちゃ》だった。

働きのよい者には、川村自らが抹茶を点ててくれると聞いたことがある。浜路はその煎茶を見つめながら、早くあの店にもどって、熱燗《あつかん》でもくいっと飲みたいと思った。

「そうだ。あの男を殺せば、おそらく織江はもう戦う気力を無くすだろう。捕縛してこの桜田屋敷に連れもどしてくれ」

「織江は生かしておくのですね？」

と、浜路は不思議そうに訊《き》いた。

何となく腑《ふ》に落ちない命令である。逆に、織江さえ殺せば、あんな雙星彦馬などは生かしておいてもたいした不都合はないはずである。

——ははあ。

と、浜路は思った。

女の勘である。川村は織江にご執心らしい。

織江は母親に比べると、器量の面ではいくらか落ちる。それでも、男心を蕩《とろ》かす何かを持っているのだ。それは、子どものころから匂い立っていた。雅江から受け継いだ何かが。

——それが悔しかったのよ。

かつて、雅江に対して持った妬心《としん》がよみがえり、胃のあたりがきりきりっと痛くなった。

「生かしておくのだ。というのも、まだ、訊きたいことがある。あれは意外に深くまで静山の懐に入り込んでいたのだ。九州の蘭癖《らんぺき》どもを一網打尽にしたい」

と、川村真一郎は言った。

「わかりました」

と、浜路はうなずいた。

そう。それで、この騒ぎのほとぼりが冷めたころに、しらばっくれて手元に置いたり、後妻に入れたりする。切れ者と言われたこの若い頭領も、ほかの男たちとなんら変わることはない。

ただ、雙星彦馬を脅かすのは悪い手ではない。どこかでこっちのことも見張っているだろう織江が姿をあらわすに違いない。

宵闇順平や呪術師寒三郎の仇《かたき》を討ちたい——というのは建前である。それより何より、雅江に勝ちたいのだ。

生きているあいだには、ついに勝ちを宣言することができなかった。

天守閣の忍びという称号を、くノ一で最初に得たのはわたしではなく、雅江だった。その悔しさはいまだに胸の奥に燠火《おきび》のように残っている。その後、忍びの技と実績において、わたしは雅江を間違いなく凌駕《りょうが》したのに、すでに雅江は伝説のくノ一のようになっていた。

しかも、病いと称して早々と前線から降りてしまっていた。

——もしかしたら、あれは娘の織江を抜けさせるための手管だったのでは？

だとしたら、何としても織江を逃がすことはできない。

「大晦日《おおみそか》に、雙星たちがあの店に来ることになっています。そこで雙星を殺して、織江が来るのを待ちましょう」

と、浜路は言った。

むろん、連れてもどるつもりなどない。そこで仕留めるつもりだった。

四

「人の声だと？」

静山は訊き返した。

寿楽堂から一町ほど離れたあたりのそば屋である。静山と彦馬、それに勘平が温かい天ぷらそばをすすっている。

静山は、彦馬たちが荷車から遠ざかるのを見て、「もう大丈夫だ」と、すたこら歩き出したのだった。

「はい。どういうことでしょう？」

と、彦馬は訊いた。人の声は勘平だけでなく、彦馬もはっきり聞いている。

「中に潜んでいるのだろうな。あの木箱の大きさだと二人ほどだな」

「阿片《あへん》ではなく、人ですか？」

「阿片はしゃべるまい」

「外国では、人の売買をおこなうところもあると聞きました。それでしょうか？」

彦馬は首をかしげた。

「これは凄《すご》いことになってきたな」

と、静山は言った。

「凄いこと？」

どんな状況も面白がる静山が凄いと言うのだ。

「始末する気なのさ、金州屋を。いざ、箱を開けようというとき、腕の立つ刺客が飛び出してきて、金州屋の者を皆殺しにして去る。もちろん、去るついでに千両箱の二つ三つは盗んでいくだろうな」

「では、阿片などはこちらの勝手な当て推量なんですね？」

「それはわからぬ。いくらかは持っているのかもしれぬが、今度の取り引きの狙いは、千両箱のほうだろうな」

「なんと。驚きました」

「うむ。どうしよう？」

「……」

こうなると、彦馬の想像を超える。

小悪党の勘平も、唖然として声もない。

「悪党同士の殺し合いだ。そのままやらせておきたい気もするが、そうすると、ろくでもない抜け荷はつづくだろう」

「はい」

「御船手組に預ける手もあるのだが、何せあの連中のことだ。動くまでにのそのそして、やって来るのは新年の挨拶《あいさつ》のあとだ」

「まことに」

「わしがやるしかあるまい」

静山はそう言って、指をぽきぽき鳴らした。

「御前が」

「勘平、そなたにも手伝ってもらうぞ」

「ひっ」

勘平は化け物でも見たような悲鳴をあげた。

暮れ六つの鐘が鳴り、寿楽堂の戸が閉じられた。

勘平が戸を叩《たた》いた。

「誰だ？」

「目薬売りの勘平です」

潜り戸が開いた。あるじが顔を出した。

「荷物が来ているな。お前もそばにいたじゃないか。中身は確かめたのか？」

ちゃんと監視もしていたらしい。

「いえ、まだです」

「見なければ、八両もやらぬし、どうなるかわかるな」

「へえ。じつは手伝ってもらう人が」

「何？」

静山が現れた。

そのままあるじを押し込むように、静山は戸をくぐった。急いで彦馬と勘平も後につづいた。

勘平だけは顔を出しているが、静山と彦馬は覆面で顔をおおっている。彦馬の覆面は、ただ手拭《てぬぐ》いで顔の下半分を隠しただけだが、静山のそれはもっとちゃんとしている。わざわざ絹の布を買ってきたもので、かたちにも工夫した。

頭と耳の横を尖《とが》らせてある。わざわざ型紙まで入れたのだが、足を取ったスルメのようなかたちである。この覆面がまた、静山にはよく似合っている。これくらい覆面が似合う人も滅多にいないだろう。

「何だ、貴様」

「おい、みんな出て来い。曲者だ」

「この野郎。押し込みか」

棒や刀を手にして出てきた。

皆、薬種問屋の手代の顔ではない。充分に町の与太者たちである。

「何のつもりだ、てめえら？」

多勢を頼みに、あるじは偉そうに訊《き》いた。

「わしは抜け荷などの大きな悪事を扱う御船手方の闇奉行」

「闇奉行？　なんだ、そりゃ？」

あるじはへらへらと笑った。

静山の刀が二度、目にも留まらないほどの速さで閃《ひらめ》いた。

寿楽堂の髷《まげ》と羽織の紐《ひも》が落ちた。

「えっ」

その凄《すさ》まじい腕に声もでない。手代たちも手出しができない。

「別にそなたたちを引っくくろうというつもりはない。今宵は隣りの金州屋に用がある。阿片を仕入れようという疑いがあるのでな」

「……」

「こちらから忍び込みたい。はしごはあるな」

「はい」

「それで路地を越える。準備せい」

「ただいま」

寿楽堂の二階から金州屋の二階へはしごを渡させ、二階の窓から侵入することにした。寿楽堂のあるじは静山に気圧《けお》されたままである。

「おっと、言い忘れたが、この勘平は御船手組の密偵だ。ふざけた真似をすると、ただではおかぬぞ」

と、静山は振り返って言った。

「ははっ」

これで勘平に手を出すこともないだろう。

三人つづけてはしごを渡った。

金州屋の二階は静かだった。階段をのぞくと、下では、店の者が総出で荷車の荷物を囲んでいる。七、八人はいるだろう。

「さあ、開けるぞ」

それより先に二人が飛び出してきた。

いちばん前にいたあるじと手代が斬られると、金州屋の連中はにわかに腰が抜けたようになった。

「待て、待て。この喧嘩《けんか》、わしが買った」

静山が嬉しそうにあいだへ飛び込んだ。

心形刀流《しんぎょうとうりゅう》の達人である。

「うわっ」

たちまち二人のうちの片割れを斬った。

さらに切っ先をもう一人の喉元《のどもと》に突きつけ、

「頭領に伝えよ。江戸の町に阿片を入れることは、この御船手方闇奉行が断じて許さぬとな」

「ははっ」

「そなたたちも、以後、阿片と手を切るのであれば、これは単なる押し込みとして処理するが、よいか?」

「はい」

「さて、ものども、参るぞ」

ものどもと言われても、二人しかいない。

このあたりの芝居、静山はいささかくどいくらいであった。

「御前。御船手方の闇奉行などという職種は、幕府のほうにはあるのですか？」

と、歩きながら彦馬は訊いた。少なくても、平戸藩の御船手方には、そんなものはなかったはずである。

「たぶん、ないだろう」

「たぶんですか？」

「とにかく、幕府にはやたらと隠密がいる。だから、あっても不思議ではない」

「はい」

「だが、わしのように強い闇奉行は絶対におるまい」

静山はにやりとした。

彦馬の足が止まった。神田明神の下、狭い通りに入ってきている。見渡すと、気の早い店では、もう正月の門松を飾っている。

「ここです。こんな陋巷《ろうこう》の飲み屋にご案内してもいいのでしょうか？」

「雙星。そなたらしくないことを申すな」

「恐れ入ります」

そう言いながら、〈浜路〉ののれんをわけ、腰高障子を開けた。

小さな店の中に、何か波のようなものが走った。

「御前」

「松浦静山」

小さな叫びが上がった。

名を呼んだのは、奥にいた鳥居耀蔵だった。

「ふっふっふ。呉越同舟を楽しみたいと思ってな。よろしいか、鳥居どの」

「……」

唖然《あぜん》とした鳥居は、ただこっくりとうなずくだけだった。

第五話　年越しのそばとうどん

一

「ほんとだ」

と、雙星彦馬は愕然《がくぜん》とつぶやいた。

「な、おいらも驚いたよ」

原田朔之助が気抜けしたように言った。

「結局、やっていたのはひと月か」

西海屋千右衛門は呆《あき》れている。

三人は、明神下の飲み屋〈浜路〉の前に立っている。枯れ葉すら運ばない年末の冷たい風が、足元を舞っている。

腰高障子は閉ざされ、貼り紙があった。その貼り紙の端も風ではためき、わびしそうである。

都合により閉店します。

原田が先ほどここを通りかかり、貼り紙を見つけた。それから急いで二人に知らせたのだった。

「これだけかよ。ご愛顧ありがとうございましたとか書いてもよさそうだよな。わずかひと月だが、おいらはけっこうな金を落としたぜ」

原田はだんだん腹が立ってきたらしい。

「あんた、ほとんど毎日だったからな」

と、彦馬は言った。彦馬は三人の中ではいちばん少ないはずだが、それでも七、八回は来たのではないか。

「大晦日《おおみそか》もやるって言ってたんだがな」

と、千右衛門が言った。

今日がその大晦日である。〈浜路〉で軽く飲み、いちばん忙しいであろう千右衛門が来るのを待ち、それからそば屋で年越しそばを食って、今年はお開きにしようというのがおおまかな計画だった。

いきなり予定が狂った。

だが、彦馬は貼り紙を見ているうち、こうなるのが当然という気がしてきて、

「何か目的があったんじゃないかな」

と、言った。

「目的？」

原田が彦馬を見た。

「ああ。わたしたちにはわからない何かさ。そして、それはたぶん達成されてしまったのかもしれない」

「飲み屋が目的じゃなかったってか？」

「おそらくな」

彦馬はうなずいた。

もしかしたら、松浦静山をこの店に連れてきたのも、店を畳む理由になったのかもしれない。あのときの女将《おかみ》は、なんとなく変な感じだった。

「そういえば、素人っぽい商売だったよなあ。酒の種類などほとんどなかっただろ。〈鬼の酔い〉という聞いたことのない酒だけだったよ。燗《かん》か冷《ひや》か。燗はいつも熱すぎるし、冷は馴《な》れていないのか、かならずこぼしてた」

と、千右衛門が言った。

「つまみもそういろいろはなかったな。家のおかずみたいなものがほとんどだった。

もっとも、それが気のおけない雰囲気になっていたんだがな」

そういう彦馬も、ここのおでんは大好きだった。

「素人だって、自分でも言ってたよ。飲み屋は初めてだって」

原田は確かめたらしい。

「これまで何してたんだろう？」

千右衛門が言った。

「産婆とか鍼灸《しんきゅう》とかだとさ。お医者の真似ごとだよ」

そのあたりも原田は聞いていた。

「え、女が？」

千右衛門は首をかしげた。

女の医者はいない。鍼灸を商売にする女もいない。産婆は女の仕事だが、医者とはみなされていない。医術は、女がするものではなかった。

――化けていたのだろうか？

と、彦馬は思った。口には出さなかったが、たとえば、くノ一のような仕事……。

だが、そんな仕事の女が、こうした場末に飲み屋を開いて、役に立つことがあるとはとても思えない。

もしかして、織江の仲間がわたしを見張りに来ていた？　だとしたら嬉《うれ》しいが、そんなことはあり得ない。だったら何か伝えてくるはずである。

「じゃあ、早めにそば屋に行って、あそこで飲むか？」

と、原田が言った。

「千右衛門はいいのか？」

と、彦馬が訊《き》いた。大店の若旦那《わかだんな》である。商人の大晦日は、掛け取りなどで目が回るような忙しさだと聞いている。

「大丈夫だ。うちは大きいところとの取り引きが多いから、掛け取りも楽で、取りこぼした店もない。この数日、挨拶回《あいさつまわ》りが大変だったくらいで、今日はいつもどおりの刻限に店を閉めてきた」

「じゃあ行くか」

三人は行きつけのそば屋に向かった。


そこから歩いてすぐの、昌平《しょうへい》橋のたもとにある行きつけのそば屋は、たいそうな忙しさだったが、店の中はさほど混雑しているふうではない。出前や、打ったそばだけを買いに来るお客が多いらしかった。

「じゃあ、酒を三本と、何にする？」

と、千右衛門は壁の品書きを見た。

おなじみの肴《さかな》が並んでいる。

「おいらは肴は何でもいい。まかせるよ」

と、原田が言い、

「わたしもだ」

彦馬もうなずいた。

そば屋の酒の肴はどれもうまい。

「それでは、焼き海苔《のり》に板かまぼこを三人前ずつと、わさび芋は食うかい?」

「おいらはもらう」

「わたしは、わさび芋はいらない。玉子焼きをもらう」

「うん。じゃあ、わさび芋を二人前と玉子焼きは一人前。それと、ぬきは?」

ぬきというのは、天ぷらそばなら、そこからそばを抜いたもののことで、これも酒の肴にうまい。

「おいらは南蛮のぬきだ」

「彦馬は天ぷらだろ? 天ぷらのぬきも二つ。とりあえず、そんなところで」

注文を終え、酒盛りが始まった。

「今年も暮れたか。うちは商売のほうは順調だったが、来年はいろいろ大変なことも多そうだ」

と、千右衛門が言うと、彦馬は黙ってうなずいた。静山のいわゆる幽霊船貿易のことだろう。四艘《そう》の幽霊船のうち、二艘は偽装しているだけで、それで交易を開始させると聞いている。原田は親しい友だちだが、このことだけは言えない。

「わたしは一生懸命、手習いの仕事をしたし、織江を探し歩いたが、結局、今年は会えなかった。来年はなんとか会いたいものだ」

彦馬はそう言って、猪口《ちょこ》をくいっとあおった。

「おいらは雙星のおかげでいくつか手柄を立てさせてもらったが、家では喧嘩《けんか》ばかりだった気がするよ」

原田はうんざりした調子で言った。

「そうだよ、いいのか？　大晦日は夫婦水いらずだろうが」

と、彦馬がなじるように言った。

「いいんだ。昨日もひどい大喧嘩になって、今日はおのぶも実家に帰ってるよ。おいらは八丁堀で一人だけの年越しをするはずだったんだ」

「そうなのか」

彦馬は呆《あき》れたが、何も言えない。

「雙星、こう言うと、気を悪くするかもしれぬが……」

と、原田はめずらしく遠慮がちな口調になって、

「おぬしたちは、会えないからいいんだぞ。これが毎日、会っててみろ。お互い粗ばかり見えてくる。しかも、遠慮がなくなるから、黙ってはいられない。文句を言っては喧嘩。この繰り返しだ。だが、会わなければ、ずっと夢の女でいられるんだ」

原田の顔がひどく真剣で、言い返すのも気が引ける。

「じつは、惚《ほ》れ合っていながら別れる男と女の戯作《げさく》を書こうと思っている。逢《あ》いたいが、逢えない。その繰り返し。この切なさがいいんだよなあ。いや、ちっと雙星のことも参考にさせてもらった」

「そいつはどうも」

彦馬は感情のこもらない声で言った。

戯作の参考になんかなっても、まるで嬉しくはない。

「おいらもいっしょになんかならなきゃよかった。親戚《しんせき》が勧める娘をもらっておけばよかった。幻滅することを思ったら、雙星の境遇のほうがよっぽどましだぞ」

原田は浜風に吹かれながら、遠くを見つめるような顔をしている。

彦馬は何も言えない。

「おい、原田。やめておけ。雙星だってつらいんだ」

と、千右衛門がたしなめた。

「そうか」

すっかり座が白けたとき、

「おやじ。温かい名古屋に天ぷらを載せてくれ」

と、一つ向こうの席に座った客が言った。ここは座敷がいくつかの衝立《ついたて》で区切られているが、膝丈《ひざたけ》くらいの高さなので、顔などは丸見えである。

「名古屋？」

彦馬たち三人が首をかしげた。

「名古屋って、何だ？」

「そんな品書きがあったか？」

壁の品書きを見ても、そんなものはない。

だが、そば屋のおやじは、とくに訊き返すこともなく、

「へい」

と、注文を受けた。

原田が、おやじを手招きして、

「よう、名古屋って何だ？」

と、訊いた。

「佐平さんよ。名古屋って何かとお尋ねですぜ」

おやじはそれを注文した客に向かって言った。

「ああ。うどんとそばを混ぜたやつのことですよ」

と、佐平と呼ばれたその客は答えた。歳は彦馬たちと同じくらいだろう。職人ふうだが、日焼けはしていない。

「うどんとそばを混ぜる？　なんだ、そりゃ？」

原田が呆れたように訊いた。

「ええ。大坂はうどんの本場でそばなんか食べないって言うでしょ。江戸はそばのほうが断然、人気がある。でも、あいだの名古屋じゃ、うどんとそばを混ぜて、いっしょに食うんだそうですよ」

「えっ、そんな馬鹿な」

原田はひどくまずいものを食ったように、顔をしかめた。

「いやあ、聞いたことがないなあ」

各地と取り引きをしている西海屋千右衛門も首をかしげた。

「わたしも、江戸に来るとき、名古屋の近くを通ったが、そんな食べ方はしてなかったぞ」

と、彦馬も言った。

「だって、名古屋出身のあっしの友だちから聞いたんですから間違いありませんよ。

長い付き合いでわかってますが、そいつは決して嘘なんか言うやつじゃねえ。嘘だとお思いでしたら、まもなくここに来ますから、直接、訊《き》いてやってくだせえ」

「おう、そうしよう」

原田は、いまから下手人の嘘をあばいてやるとでもいうように、大きくうなずいた。

二

「へい、お待ち」

名古屋とやらができてきて、佐平の前に置かれた。

「どれどれ」

ちょっとのぞいたくらいでは、上に天ぷらが載っていたりするのでわからない。佐平が箸《はし》でたぐると、なるほど白いうどんと黒っぽいそばがいっしょになっている。それをうまそうにすすりはじめる。

「ほんとだ。うどんとそばをいっしょに食うんだな」

千右衛門は感心した。

「いっしょに食う意味があるのか」

原田は不機嫌そうに言った。

「だから、それは名古屋という場所が、江戸と大坂の真ん中だからだよ」

彦馬がそう言った。別に、変なものを食っても、誰が迷惑するわけでもないだろうにと思うが、江戸っ子はこうした中途半端な料理は許せないらしい。

「だったら、名古屋ってえ土地の名も、江坂とかすりゃあいいんだ」

「来たらわかるよ。嘘なのか、それとも本当にそういう食い方があるのか」

と、彦馬は原田をなだめた。

「まあな」

だが、相手はなかなかやって来ない。

そのうち原田は別の考えを思いついて、

「よう、佐平とやら」

「はい？」

「待っている男だが、名古屋じゃなく、名前が似たどこか別の場所の生まれなんじゃねえのか？」

「いやあ、名古屋生まれです。名古屋生まれでなきゃ、あんな商売は思いつきませんよ」

「どんな商売だい？」

と、千右衛門が訊いた。

「しゃちほこ焼きっていうんです」

「しゃちほこ焼き？」

「なんでも、名古屋のお城の天守閣には、金のしゃちほこが載っていて、名物なんだそうですね」

「そうだね」

「それをかたどったお菓子なんです。今川焼きみたいなものですが、中に入れるのはあんこじゃねえ。甘味噌《あまみそ》なんです」

「甘味噌？」

「名古屋の人は子どものときからそれを食べていて、いつまでも人気があるんだそうです。それで、その商売を江戸でやったら絶対に流行《はや》ると。とくに尾張《おわり》さまの藩邸があるあたりでやれば、藩士が懐かしがって毎日、食べに来ると」

「流行るかな？」

と、千右衛門が仲間たちに訊いた。

「流行らねえだろう」

原田が鼻で笑った。

彦馬も声には出さないが、原田に賛成である。

「五両あればできるというんでね。この話を半年前にここでしたんですよ。じつは今日がその五両の受け渡しなんです」

と、佐平は言った。

「五両……」

金額を聞いて、三人は何となくうつむいてしまう。

「あ、あいつ、騙《だま》されたんだ」

と、千右衛門が小声で言った。

「馬鹿だなあ。そんな五両、もどってくるわけがねえのに」

原田はそう言って、酒をあおった。

「名古屋なんて、食いものもないな」

千右衛門も憐《あわ》れむように佐平を見、

「もちろん、しゃちほこ焼きもない」

彦馬もうなずいた。

「だから、やってねえんだよ、そんな商売は。五両だけ借りてずらかったんだ。ここにも来るわけがねえ」

原田はふうとため息をついた。

だが、佐平はすっかりその友だちを信じ切っているらしく、余裕の顔で酒を飲んでいる。

　原田が顔を寄せるように手招きをした。

「だいたい名古屋ってのは、変なところなんだ」

「そうなのか？」

　彦馬が訊いた。

「おのぶの実家のろうそく屋だがな、あれは出が名古屋なんだ」

「へえ」

「江戸は出店だったのが、出店のほうが大きくなった。おのぶの祖父ってのは名古屋から来たんだ。だから、おのぶも変なのかもしれねえ」

「いや。変なのはあんたで、おのぶさんはとくに変じゃない」

　と、彦馬は言った。

　だが、彦馬の言葉は無視し、原田はつづけた。

「だから、あの店は手代なんかも名古屋から来てるのが多い。おいらは名古屋のやつの気質《きしつ》はよくわかってる」

「どういう気質だ？」

　と、千右衛門が訊いた。

「ケチだ。そして、ケチだから、借金も踏み倒す」

「偏見だ、それは」

「それから、江戸と京、大坂のあいだにあるもんだから、やたらと見栄《みえ》を張るし、ホラも吹く。江戸や京、大坂よりも名古屋のほうが大きいなんてことも平気で言う」

「ほんとなのか？」

と、彦馬が訊いた。

「ほんとのわけがねえ。何が大きいんだって訊いたら、米粒は名古屋が大きいって言いやがる。そりゃあ、搗《つ》きが足りねえからなんだ」

「ははあ」

「万事がそんな調子だ。うどんとそばをいっしょに食うってのも、見栄からきたホラに決まってるさ。しゃちほこ焼きなんて、そんなくだらねえものをわざわざつくるわけがねえ。お城から叱られるかもしれねえ」

「ははあ」

ホラだと決めつけるのもひどいが、たしかにしゃちほこ焼きはくだらなそうである。

そば屋もさっきまでの嵐のような忙しさは、一段落ついたらしい。

出前の男も帰って来て、一服つけている。

佐平がそんなようすを見ていて、

「おやじさん。名古屋をもう一杯もらうかな。ぶっかけでいいよ」

と、注文した。

「あいよ」

返事がしてまもなく、あるじがみずから運んできた。

その二杯目を食べるようすを見て、

「うまいのかね」

と、彦馬は興味を持った。

「どれ、おいらたちもちっと食ってみるか」

「おやじさん、こっちにも名古屋を一杯」

千右衛門がそう言うと、佐平は嬉《うれ》しそうに笑った。


どてらで着ぶくれした女が、明神下あたりをとぼとぼと歩いていた。

織江だった。

襟を立て、すっぽり耳あたりまでおおうようにしていたが、目は油断なくあたりを見ている。

織江は胸騒ぎがしていた。

飲み屋の〈浜路〉が閉まっていた。なぜ、店を畳んだのだろう。

いよいよ決着をつけるつもりなのだ。しばらくは出て来そうにない。

——そうか、今宵か……。

彦馬たちはそば屋に入っている。

閉店の貼り紙を見て、男たちはがっかりしていた。それも無理はないだろう。浜路は完璧《かんぺき》なやさしさを装っていた。

包容力、思いやり、気づかい、そして、女の身体そのものが持つふくよかさ。

それらはみんなが疲れた心を癒《いや》されるものだった。

恋心というものでないのは明らかだが、彦馬だって、ふるさとの座敷に寝転がるような顔をしていた。

それどころか、松浦静山までが、また来たそうにしていたのには呆《あき》れてしまった。

——皆、だまされているんだよ。

と、言いたかった。だが、途中で考えは変わった。

浜路のやさしさはつくられたやさしさなのだろうか。目的のための単なる芝居だったのだろうか。

それは違うような気がした。

浜路という女には、もともとそういうところがあったのではないか。

「織江ちゃん。寂しくない？」

そんな声がした。遠い過去からだった。

桜田御用屋敷、下忍たちの長屋。

織江はまだ十歳くらいか。浜路の家にいて、飼われている数匹の猫と遊んでいるところだった。

「寂しいかって？」

「そう。お母さん、しばらく帰って来ないでしょ？」

「うん」

どこか遠くに潜入しているのだ。

「うちで寝てもいいんだよ」

「浜路おばちゃんのところで……」

それは嬉しい話だった。浜路の家に来て寝たら、寂しくはないだろう。ご飯のしたくもやってもらえる。だが、なにより嬉しいのは、こんなふうに猫と遊びながら寝られることだった。

「おいでよ、織江ちゃん」

「うん……」

「嫌？」

「嫌じゃないけど」

母の雅江がそれを嫌がる気がした。

「大丈夫だよ。いつものことだし。家で寝る」

織江はそっけなく断ったような記憶がある。


浜路は飲み屋をしていた家からすこし離れた長屋で、決闘の最後の準備をしていた。ここもこの日のために借りた家で、ひと月の家賃を払い、一日だけ使っていなくなることになっている。

準備といっても、そう大げさなものはない。くノ一の戦いはむしろ身軽なほうがいい。それが男と戦う際にも、有利なものとなる。

戦う相手は、おそらく織江一人。川村真一郎は、二人いるかもしれないので、気をつけろと言っていた。呪術師寒三郎の傷は一人ではなく、二人がつけたものの気がすると。

だが、浜路には織江以外の影は感じられない。敵は織江だけ。ほかの者への準備はできていない。もう一人いたら、戦いはきわめて不利になる。そのときは敗れるだけの話だった。

右手に細い錐《きり》のような武器を持ち、左腕に鉄の輪を巻いた。右で敵のツボを攻撃し、左で刀や手裏剣をはじく。そのさまざまなかたちを想定し、身体を動かしてみる。

――痛っ。

右手の肘《ひじ》に強い痛みが走る。

二の腕の裏側に打ち身ができているのだ。ついこのあいだ、人ごみを歩いているときに、野菜売りの爺《じじ》いに天秤棒《てんびんぼう》をぶつけられた。市が出ていて、うまそうな野菜を物色していたときだった。

ふつうに歩いているときなら、絶対にあんな目には遭わない。豊富な食材。にぎやかな人ごみ。女が心を奪われるその隙をやられた。

そのときはたいした痛みには思えなかった。あとから痛みがひどくなってきた。ツボに痣《あざ》ができていた。

一瞬だけあの爺いを見た。忍びには見えなかった。だとしたら、たまたまである。ゆっくり動かす。徐々に速くする。耐えられないほどではない。

――大丈夫だ。

自分に言い聞かせる。それに、これは最後のとどめに使うだけで、それまでに織江は戦うこともできない状況に陥っているはずである。あたしの得意な技によって。

――ついに、この日が……。

感慨を覚える。こんな日がいつか来るだろうとは思っていた。ただし、相手が娘のほうとは思わなかった。

織江の母の雅江と決着をつけたかった。

——なぜ、あたしは雅江をあれほどに憎んだのだろう。

答えはすでにわかっていた。妬《ねた》み。胃の中が燃えるような激しい妬み。

子どもがいる雅江が羨《うらや》ましかったのだ。つらい仕事から帰っても、自分には子どもがいなかった。

男はいくらもいた。男なんか、いくらでもつくることができた。だが、男から得られる慰めは、自分のいちばん底にある寂しさを慰めてはくれなかった。

女を慰められるのを求めているわけではなかった。

雅江は逆だったかもしれない。

おそらく雅江は女を慰めてもらいたかった。

あたしのほうが織江ちゃんのような娘を欲しかった。

それなのに、織江ちゃんは雅江に与えられ、あたしには何も与えられなかった。

そのことがいちばん憎かったのだ。

雅江は織江に手裏剣術を伝えた。二連星。乱れ八方。おそらく鎌首も完成させていたはず。いまから、織江に伝わったそれと戦うことになる。

だが、自分は誰にも伝えることができなかった。それを織江との戦いでぶつけるのだ。雅江を仮想の敵にして磨いたその技を。

浜路は、

——人生は詐欺みたいなものよね。

と、思った。何かが微妙にずれていく。願ったもの、思っていたものとは違う現実が立ち上がってくる。

それを前にして、人は唖然《あぜん》とするしかない。

——あたしが望んだものは、こんなものではない……。

三

三人でその名古屋をちょっとずつ食べた。

「どうだ？」

と、千右衛門が訊《き》いた。

「こりゃあ、江戸っ子の食いもんじゃねえぜ」

原田は吐き出しそうにした。

「おい、よせ」

と、彦馬は止めたが、これがうまいと思ったわけではない。まずくはないが、ただ、やはり別々に食べたい。

「うまいでしょ？」

と、佐平は訊いた。

「ん、ああ」

三人とも返事を濁すしかない。

「いいやつでね。あんないいやつはいねえんだ。ひさしぶりだから、楽しみでね。それにしても、ちっと遅いな」

佐平は首をかしげた。

「約束は何刻《なんどき》だい？」

と、原田は訊いた。

「いちおう今年いっぱいということだったんですがね」

「そろそろ鐘も鳴るぜ」

「そうですよねえ。最初の除夜の鐘が鳴るまで待ってみますよ」

すこし不安げな顔をした。

江戸の除夜の鐘は、午前〇時までに鳴り終える現代とは違って、真夜中を過ぎたところから鳴り始める。

こんな刻限まで開いている店はめずらしい。

このそば屋ものれんを下ろし、ぼちぼち片づけも始まっている。

「言ってやれよ、千右衛門。騙《だま》されたんだ。五両はもうもどってこねえって」

と、原田が小声で言った。

「そう言うなら、お前が言ってやれよ」

「いやあ、あれだけ信じているのを見ると、やっぱり言いにくいよ」

ふだんあれだけ図々《ずうずう》しい原田でも、言いにくいこともあるらしい。

「だが、あいつがあんなに信用していることのほうが変な気もするなあ」

と、彦馬は言った。

「何か、信用する理由でもあるんじゃねえのか」

原田は首を伸ばして佐平を見た。

「もしかしたら、借金のカタを取っていて、むしろ、返しに来ないほうが、得になったりするんじゃないか」

彦馬はそんなことも考えた。

「それは面白いな」

千右衛門はぽんと膝《ひざ》を打った。

「まだ、待つのかい？」

と、原田が訊いた。

「もうちっと待ってみますよ」

と、佐平は遠くの音に耳を澄ますような顔をした。


織江は彦馬の長屋の屋根にいて、周囲に耳を澄ましていた。

どてらを羽織っているが、中は忍び装束を着ている。絶え間なく指や足を動かし、いざというときにはかじかんでいることなどないようにしている。

冷たい風が夜を渡っている。

星月夜である。星が月のように明るく見える夜という意味で、月はむしろあってはならない。

除夜である。祝祭の日や、将軍の忌日には、刑を執行しない。それを除刑日と呼び、その夜のことが、大晦日《おおみそか》の夜を意味するようになった。彦馬の時代からすると、わりに新しい言葉である。

静かである。

浜路はまだ来ていない。

戦うことになるのだろうか。できれば回避したい。だが、絶対にそうはいかない。

浜路の得意技はまだ思い出すことができない。

医術にくわしい。ツボも的確に知っている。だから、殺すときには、錐《きり》のような道具でそこを一突きするだけだろう。

それは、素人相手であれば、充分な必殺の技になりうるだろう。だが、相手が忍びの者や一流の武芸者相手だったら、そうはいかない。

ツボを一突きさせるほど、近づかせない。万が一、近づいても、迫った瞬間、それをかわすなり、反撃するなりできる。ぶすり、へなへな、とはいかない。

――違う。あれではない……。

むしろ、あのやさしさが武器なのか。男たちをたちまち取り巻き連にしてしまったような、心のやすらぎ。ついつい警戒心も捨て去り、浜路が近づくままにさせてしまう。

――いや、それも違う。

油断をさせ、心をとろけさせるにせよ、それは武術ではない。くノ一は、やはり、最後は武術で戦うのだ。

わたしの手裏剣の技に立ち向かうことができる技。それは何だろう。

――母さんは知っていただろうか。

くノ一同士。知られるのは嫌だったかもしれない。母さんは浜路との付き合いさえ拒むところがあった。

わたしが浜路の家に行くことも嫌がっていた。一度、浜路から仔猫《こねこ》をもらったことがある。その仔猫ですら嫌がって、「返して来い」と叱られたこともあった。

——変な人だった……。

思いはこれからの決闘よりも雅江のことに移った。

生きているときは母親のことなどあまり考えなかった。死んでからはよく考える。言うことも変わっていた。あれはいつだったか、たしか手裏剣の二連星の技が身についたときではなかったか。ふと怖いような顔になって、

「つらいこの世にあんたを産んでしまった。何とか生きていくための力をつけてやろうと思った。いまや、あんたは武器を持ったんだよ。いいね、あんたはくノ一。人生に立ち向かう武器を持ったんだよ」

そんなことを言った。

そのときは、すごく変な気がした。まるで、あたしが間違って産まれてきてしまったみたいではないか。

いまはちょっと違う。

「あんたは武器を持った」

そっちのほうが言いたかったのかもしれない。

——母さんはあたしに何を望んだのだろう。

世間でよく聞かれるのは、

「幸せならいい」

という、決まりきった文句。ほんとにそうなのか。母さんもそれをあたしに望んだのだろうか。

たとえ不幸の連続でも、生きた甲斐《かい》のある人生というのもあるのではないか。

いまのわたし。決して幸せではない。

でも、生きている実感はある。

不幸だっていい。

——わたしの人生を、ありきたりの言葉で染められてなるものか。

織江はそう思った。

「にゃあお」

背中で声がした。

振り向くと、オスの三毛猫がいた。

「おや、にゃん太」

「にゃご」

「そうだ。あんたに贈り物を持ってきたんだよ」

織江は懐から小さなものを取り出した。

「これはあたしがつくったんだよ。首にかけておくと、いいことがあるかもしれないよ」

それは、勾玉《まがたま》だった。呪術師寒三郎との戦いのとき、これをぶつけた。効果はてきめんだったような気がする。それをまた、拾っておいた。縁起物のような気がした。

それに紐《ひも》を通し、にゃん太の首にかけた。

「あ、似合うよ」

「にゃお」

嬉《うれ》しそうに鳴いた。照れているようにも見えた。そんなところは、飼い主に似ているみたいだった。

鈴ではないから鳴らない。胸のあたりで振子のようにぷらぷら揺れるだけである。

自分の胸のあたりにもそういうものがあって、いつも揺れているような気がする。

胸の振子、揺れるくノ一。

もっとずっと強くありたいのに。

四

ごーん。

と、鐘が鳴った。最初の除夜の鐘である。百八つが鳴り終わるまではまだまだかかる。そのころには、人々はとうに眠りにつき、朝、起きたときが、新たな年の始まりとなる。現代の時計で午前〇時を過ぎても、まだ大晦日のうちである。

「あ」

「鳴ったよ」

そば屋も仕舞いである。客は彦馬たちと、佐平の四人だけになっている。

「さ、帰るぞ」

と、原田が立ち上がった。

すると、彦馬が急に、

「あ、なんだ、そういうことか」

と、手を叩《たた》いた。

「何が、なんだだよ？」

千右衛門が彦馬に訊《き》いた。

「それより、佐平、残念だったな。結局、来なかったじゃねえか」

と、原田は佐平に声をかけた。

「ええ。残念だったです。もしかしたら病気なんだろうと思います。このあいだ会ったときも顔色は悪かったから」

「違うぞ。あんた、あんまり他人を信じちゃ駄目だ。全部、嘘っぱちなんだから。名古屋なんて食いものなんかあるわけがないし、しゃちほこ焼きも出鱈目《でたらめ》。あんたは騙《だま》されて、五両をふんだくられたんだ」

と、原田は言った。

「騙された？　ふんだくられた？」

佐平はきょとんとした顔をした。

「そうだよ。見ると、そう暮らしに困っているふうではない。五両は決して小さい金額ではないが、残念ながら諦《あきら》めたほうがいいね」

千右衛門もそう言った。

「諦める？　いやあ、お前さんがた、何か誤解したみたいですね」

と、佐平は言った。

「やっぱりそうか」

と、彦馬はうなずき、

「借りたのは、あんたのほうでしょ？」

佐平にそう言った。

「そうですよ」

「え?」

原田と千右衛門は唖然《あぜん》とした。

「そうなんだ。わたしたちが勝手に誤解したんだよ。その名古屋のことが嘘っぱちだから。でも、借りたのはこの人のほうなんだ」

「ええ」

「ホラ吹きだから、他人に金を貸さないなんてことはない。気前のいいホラ吹きだっていっぱいいいるんだ。わたしたちはすぐ型に嵌《は》まった考え方をしてしまう」

彦馬は自分を叱るように、こぶしで頭を軽く叩いた。

「ほんとだな」

千右衛門はうなずいた。

「それで、しゃちほこ焼きはほんとにやったんですね?」

と、彦馬は訊いた。

最初はてっきり、佐平に金を借りようとしている男が、借金の言い訳にしているだけだと思ったのだ。

だが、じっさいは、佐平のほうが気持ちを動かされ、借金を願い出て、自分でその商売を始めていたのだった。

「やりましたよ。その五両を元手にして。ただ、あいつが勧めたのは、尾州《びしゅう》藩邸の前でしたが、あっしは品川の街道筋でやったんです」

「当たったんだ？」

「当たりました。名古屋の人も通って、こんなものは食べたことがないけど、なかなかうまいと言ってくれました。借りた五両も、ふた月めくらいには返せる目途《めど》がつきました。倍にして返してもいいかなと思ったくらいです。いまでは十倍や二十倍にして返したっていいくらいです。あいつが切羽詰まっていたら、もっと急いで返したのですが、しょっちゅう旅に出ている男なのでね」

「どうするんだい、その金は？」

「さあ。それはもちろん、返せと言ってきたら返しますよ。でも、言ってこない気がします。亡くなっているかもしれません」

佐平は一瞬、つらそうな顔をした。

「そうだな」

と、彦馬はうなずいた。そういうこともあるだろう。人生は本当に一期一会《いちごいちえ》だったりする。

「じゃあ、おめえは名古屋という食いものも、しゃちほこ焼きも嘘だと見破っていたんだろ？」

と、原田が外に出ながら訊いた。

「いえ、嘘かどうかはわかりませんよ。たしかに、やつにはそういう冗談好きなところもありました。ただ、あっしはそれがほんとか嘘かってことより、しゃちほこ焼きは売れそうだと思い、金を借りただけで」

「なるほどなあ」

原田は佐平の商才に感心したらしい。

「さて、あっしは帰ります。皆さんもよいお年を」

と、佐平は代金を払うと、大晦日《おおみそか》の町へ出て行った。

「じゃあ、おいらたちも帰るか」

「そうだな」

「また、来年だ」

店の前で三人は別れ、別々の方向に歩き出した。

中奥番の鳥居耀蔵は、お城の一室で、鳴り始めた除夜の鐘を聞いていた。

大晦日の今宵《こよい》は、お城の宿直に当たっていた。

こんな日にと、落胆する者もいたが、鳥居は別に嫌ではなかった。どうせ、このひと月のやすらぎの場所であった〈浜路〉は、もうなくなっているはずだった。

「あの飲み屋は、抜けたくノ一を誘い出すための仕掛けだ」

川村真一郎からそのことを聞いたときは驚いた。

「あそこには松浦静山も来るようになった」

そう告げると、今度は川村のほうが驚いた。

どうやら、松浦静山とのことは、かなり押し詰まってきているらしい。

ついさっきのことである。鳥居は、明日の上さまの警護のため、本丸に来ていた川村真一郎と会っていた。

静山や他の蘭癖どもがかなり大胆な動きを始めているらしい。

しかも、今年の五月に起きたお庭番とくノ一の死闘のことが、いまごろになってちらほらと噂になっているという。

「ばらまいているのだ、静山が」

と、川村は言った。

「ううっ、なんと」

「しかも、鳥居、あんたの名前まで出ている」

「くそっ」

鳥居も悔しさに声を失った。

「どうしよう？」

「やはり、あの松浦丸を利用するしかないだろう？」

「だが、あれは喚問の結果、疑うべきものはないとなったではないか」

「もはや、でっち上げしかあるまい」

「でっち上げ？」

「あの船の蔵に阿片《あへん》か何かを置き、それを上申してしまえばいいだろう」

と、ふて腐れ、居直ったような口調で言った。

「なんと」

川村は呆れた。

この男の後年における得意技であるでっちあげは、このとき芽生えたのである。


やはり除夜の鐘が鳴り始めたころ——。

本所中之郷にある平戸藩の下屋敷で、松浦静山は旧友の林述斎と会っていた。

「倅《せがれ》の耀蔵がどうにもあなたに嫌疑の目を向けておるのだ」

林述斎は、静山にぴたりと目を据えて言った。

「そのようですな」

「あれは愚かで猜疑心《さいぎしん》の強い男です。だが、まったく根拠のないことはせぬように思うのです」

「そうかもしれませぬ。だいたいが、わたくしなんぞは九州の先端に領地を持ち、何百年ものあいだ、海を荒らし回ってきた連中の子孫。皆さま方にはひそかに海賊大名と呼ばれていることも存じ上げております」

「だが、国の運営にはやはり、垣根というものが必要でしょう。松浦どのには、どうもそこらの考えがまるで欠如しているようで」

「垣根？」

「はい」

「海に垣根を？」

「港につくればよいでしょう」

「なぜ、もっと大きな場所からこの国を見ようとはなさいませぬ」

「なぜ、外国の都合でこの国を見る必要があります？」

結局、議論は平行線をたどった。

林は憮然《ぶぜん》として立ち上がった。

「あなたはやはり御用学者なのだ。体制からはみ出すことはできない」

そうはつぶやけど、静山もまた、追いつめられてきているのを実感していた。

だが、この夜——。

霊岸島にある御船手組の船着き場あたりはそう強い風と波でもなかったのだが、

新月のため、潮がだいぶ引いていたことも災いしたのだろうか、がしっ。

と、何かがこすれるような音がした。

そして、松浦丸は突如として崩壊し始めたのである。

これこそが、長崎に向かった雙星雁二郎がやっておいた工作だった。それは、雁二郎が江戸を経って、翌日くらいに起きるはずのできごとだった。

こんなに日にちが経ってしまったのは、やはり雁二郎に腕の衰えでもあったのだろうか。

それでも、松浦丸はどうにか船の解体が進み、ついには海の藻屑《もくず》と消えていったのだった。

五

雙星彦馬は、長屋に入る前に、妻恋神社に寄った。

まだひっそりしている。

夜が明ければ、初詣《はつもう》での客もやって来るだろう。すぐ向こうの神田明神と比べたらずいぶん少ない客だが、それでもかなりの賑《にぎ》わいになる。

彦馬はいつものように空を見上げた。

満天に星が輝いている。風が強くて、その光がちらちらと揺れている。

「織江。お前は、意外にわたしのそばにいるんじゃないのか？」

と、彦馬は夜の空に向かって言った。

「……」

「わたしは武術もろくろく学んでいないし、むろん忍びの術などというのも知らない。だから、気配などというのはわからないのだが、お前の匂いのようなものを感じることがあるんだ。このところとくに、そんな気がする」

「……」

「わたしの友人が会えないほうがいいんだなんて言っていた。だが、わたしはお前に会いたい。海山越えても、どうやっても会いたい。お前をこの腕に確かめたい。お前のいきいきした表情を目の当たりにしたい。

それは、立場上、どうあっても無理なのかもしれない。だが、せめて、いるということだけでも答えてくれないか」

織江は彦馬のすぐ後ろにいた。

手がとどくほど。いや、ほとんど重なり合うほどの近くに、まるで彦馬の影のようにじっと立っていた。

彦馬は空に向かって話している。

「万が一、会えなかったとしても、わたしにはあのひと月がある。もしも、わたしの人生にあのひと月がなかったとしたら、わたしの人生はどんなにつまらないものだっただろう」

同じだった。織江もまったく同じだった。

自分の人生においても、あのひと月は特別だった。あのひと月のためにいま、生きていると言ってもよかった。

——会おう。

と、織江は思った。声をかけよう。それで彦馬のことがお庭番に知られ、殺されてもいい。あたしもいっしょに死ぬだけのこと。もう、このまま二人で死んでもいい。胸の振子はそっちに大きく振れた。

そのときだった。

風を感じた。

浜路が来たのだ。

思い出の中に潜んでいた悪夢のように。

——駄目。やっぱり、彦馬さんを守らなければ。

それは、くノ一の本能なのか。母さんに叩《たた》きこまれた習慣なのか。戦って勝ち取ること。どんなにつらくても立ち向かうこと。

織江はふたたび闇に消えた。

妻恋神社の境内の裏手を織江は走った。

草むらから崖《がけ》。ここをいっきに駆け降りた。

いくつか小さな路地を駆ける。彦馬の長屋からもそう遠くはないあたり。

何棟かの長屋が囲む広場のようなところに出た。人家の明かりもうっすらとこぼれてきている。

「たあっ」

浜路が横から飛び出してきた。

織江は手裏剣を放つ。大きく宙に飛んで、二連星。浜路は左手で顔を守るようにする。星が二つ弾けた。

「さすがね」

と、織江はほめた。正直な感想だった。

「ふん。こんなもんじゃないだろ」

浜路の顔が見えた。悪鬼のような表情だった。こんな顔は、子どものときから見たことがなかった。

「乱れ八方」

ほんのわずかな間を置いて、二つの手裏剣がつづく。母さんの得意技。

浜路は後ろに飛んだ。ぎりぎりで避けた。浜路は身体の動きが鈍い。どこか怪我をしているのかもしれない。勝てる。織江はそう思った。

とどめは鎌首。地を這《は》って、いきなり首をもたげる。手裏剣を放つためぐっと身体を沈み込ませる。

そのときだった。

別の気配がした。

――一人じゃなかったの？

背中を恐怖が走った。

闇の宙から何か飛んできた。のけぞって、やっとかわした。大きなものだった。黒光りしていた。それが、織江の目を狙ったのだ。

また、来た。これも危うくかわした。

羽音がした。それでわかった。カラスだった。カラスが神社側のけやきの枝にいっぱいとまっている。そいつらはどうも、織江に反感を抱いているらしかった。

――え？

空だけではなかった。地上にもいた。いくつもの目が光っていた。なじみのある金色に光る目だった。

——猫たちが……！

猫が次々に闇を飛び交い、織江に噛《か》みついてきた。

「やめて、お願い」

織江は下がった。体勢も完全に崩れた。

「ぎゃおう」

「あんたたちを殺すことになる。それはしたくないよ」

「ががう」

食いついてくる。まさに虎に似ている。

思わず喉《のど》に食いついてきた猫を手で払った。柔らかい身体を投げつけるようにする。地面に叩きつけた。嫌な感触だった。

「やめて、こんなこと」

織江は懇願した。

また、カラスが目を襲ってきた。

カラスはおびただしい数だった。しかも、やかましい。

浜路が錐《きり》のようなものを構え、徐々に近づいてくるのがわかった。

雁二郎が助けに来てくれるのではないか。それを期待した。前の二度の戦いのように。

だが、雁二郎はいっこうに姿を見せなかった。

猫を殺せたら戦いは楽になる。

だが、織江にはできない。

浜路はそれを知っていたのだ。

しかも、カラスの群れのあいだから見えている浜路は、猫を抱いていた。

「どうした、織江ちゃん。手裏剣が撃てなくなっちまったんだろ。だって、猫に当たってしまうもんね」

浜路は、猫使いだった。昔の記憶がよみがえった。浜路の家に集まってきていた猫たち。あれは、猫を飼い慣らし、意のままにあやつるための訓練をしていたのだ。

いや、猫だけじゃない。織江はまた、思い出していた。浜路の家の屋根にとまっていた無数のカラス。そうだったのか。カラスも浜路の武器だったのか。

――ここまでか。

観念した。

そのとき――。

「にゃおう」

と、猫が鳴いた。

いままでの猫たちは鳴き声もあげずに襲いかかってきていた。鳴き声の主《ぬし》は、新たに草むらから出現した猫だった。

胸で振子が揺れていた。

「にゃん太」

にゃん太がほかの猫たちをねめつけながら、ゆっくりと歩いてきた。

「にゃご、にゃご、にゃご……」

小声で鳴いている。それが人の言葉となって聞こえる気がした。

「何してやがんだよ。おれが相手になるぜ。何匹でもかまわねえよ。ほら、束になってかかって来いよ」

ほかの猫たちは、ヘビに睨《にら》まれたカエルのように動けない。

さらににゃん太は空を見上げた。けやきの枝にいる数十羽のカラスたちまで、いまや寝たふりでもしているようにおとなしくなっていた。

さながら王者だった。

にゃん太はこの界隈《かいわい》に君臨していたのかもしれなかった。

「この猫が！」

浜路がにゃん太に飛びかかろうとした。

「駄目っ」

織江が宙を舞った。

手裏剣を放った。乱れ八方から、鎌首。乱れ八方の二本の手裏剣が左足の内太股《ふともも》に、鎌首の手裏剣が腹部に刺さっていた。

浜路の足が揺れている。内太股の重大な筋を断ったに違いない。

「あたしの勝ちだよ」

と、織江が宣言した。これ以上、戦いたくなかった。

「ごめんね、織江ちゃん」

「わかってるよ」

わかってるよ、浜路おばちゃん。悪鬼の顔だって嘘の顔だってことは。人間は菩《ぼ》薩《さつ》にも悪鬼にもなれないんだよね。どうしようもなく弱いから。

「織江ちゃん。そっちを向いていて」

「え」

「あんまり苦しみたくないの。わかるでしょ」

「うん」

たぶん、急所を自分の手で一突きする。

だが、それは敵に背を見せることになる。防御はガラ空きになる。

織江は背を向けた。

一瞬、殺気を感じた。でも、それもどうでもよかった。生きること。生き抜くこと。それはどうしたって、他人の生を奪うことになるのだろう。

なんと切ない世の中なんだろう、と織江は思った。もしも、神や仏がいないものだとしたら、わたしたちはなんて空しい生を送らなければならないのだろう。

だが、殺気は一瞬で消えた。

「それと、これはよくわからないんだけど」

と、浜路が背中で言った。

「何?」

「あたし、雅江の男の好みってわかってたんだよ。あの雙星さんを見ても、織江ちゃんは雅江と同じだって」

「そうなの」

「知ってる男で、もう一人いるんだよ」

「誰?」

「松浦静山」

「静山さまが?」

「雅江って、平戸に潜入したことなかったっけ？」

「……」

それは知らない。だが、あってもおかしくはない。

「何か、気になってね」

「浜路おばちゃん……」

死ななくてもいいではないか。ここから逃げのびることだってできるのではないか。

いや、たぶん、それは許されないだろう。そして、怪我を負ったいま、浜路は逃げ切ることも難しいだろう。

「じゃあね、織江ちゃん」

と、浜路は言った。別れの言葉だった。

一瞬、織江は桜田御用屋敷の長屋にいるように思った。浜路の家に遊びに来ていて、自分の家にもどっていくとき、浜路おばちゃんはそんなふうに声をかけてくれたものだった。

もしかしたら、自分はまだあの長屋にいて、昼寝のあいだに長い夢を見ているのかもしれなかった。

人生というつらくて長い夢を。

彦馬はしばらく星を見て家にもどった。

酒の酔いはすっかり醒《さ》めて、寒さで足が震えた。

何もない、誰もいない家。隙間風といっしょに住んでいる家。戸を開けた。

——ん？

何か、気配を感じた。何だろう。これまでもときどき感じた、織江の匂いのようなもの。これも気のせいなのか。

にゃん太が何かを伝えようというように、「みゃっ」と鳴いた。

「どうした？」

にゃん太は奥の小さな机に飛び乗った。そこには、表装をほどこした短冊の掛け軸が飾ってある。にゃん太はその前で鳴いた。

短冊の文字に線が引かれていた。そこには「このままで」という文字があったのである。それが消され、明らかに同じ筆致でこう書かれていた。

いつの日か

「織江、やっぱりいてくれるんだな」

雙星彦馬の胸に強い歓喜がこみ上げてきていた。

お気づきの方もおられるでしょうが、このシリーズの2巻以降のタイトルは、ジャズの名曲のタイトルをそのまま、もしくはすこし手を加えて使っています。（タイトルには、著作権はありません）

『星影の女』は、『星影のステラ』、『身も心も』は『ボディ・アンド・ソウル』、どちらもスタン・ゲッツの名演で。

『風の囁《ささや》き』は映画の主題歌が有名ですが、作曲のミッシェル・ルグランはジャズの人。これもジャズ版で、『風のささやき』。

『月光値千両』は『月光値千金』がもと。『宵闇迫れば』は同名のタイトル。どちらも戦前の古いジャズです。

『美姫《びき》の夢』は、バド・パウエルの『クレオパトラの夢』から。

そして、今回の『胸の振子』は、和製ジャズの名曲からそのままで。若い方で聴いたことがない人は、ぜひ聴いてみてください。八代亜紀もいいですが、アン・サリーの唄声《うたごえ》には癒《いや》されます。

あと2曲。フランク・シナトラの『国境の南』、小林桂で『ビヨンド・ザ・シー』。

胸《むね》の振子《ふりこ》

妻《つま》は、くノ一《くのいち》 8

風野《かぜの》真《ま》知《ち》雄《お》

平成22年 8月25日　初版発行
令和6年 12月10日　10版発行

発行者●山下直久

発行●株式会社KADOKAWA
〒102-8177　東京都千代田区富士見2-13-3
電話　0570-002-301（ナビダイヤル）

角川文庫 16401

印刷所●株式会社KADOKAWA
製本所●株式会社KADOKAWA

表紙画●和田三造

ISBN978-4-04-393108-8　C0193

◆◇◇

角川文庫発刊に際して

角川源義

第二次世界大戦の敗北は、軍事力の敗北であった以上に、私たちの若い文化力の敗退であった。私たちの文化が戦争に対して如何に無力であり、単なるあだ花に過ぎなかったかを、私たちは身を以て体験し痛感した。西洋近代文化の摂取にとって、明治以後八十年の歳月は決して短かすぎたとは言えない。にもかかわらず、近代文化の伝統を確立し、自由な批判と柔軟な良識に富む文化層として自らを形成することに私たちは失敗して来た。そしてこれは、各層への文化の普及滲透を任務とする出版人の責任でもあった。

一九四五年以来、私たちは再び振出しに戻り、第一歩から踏み出すことを余儀なくされた。これは大きな不幸ではあるが、反面、これまでの混沌・未熟・歪曲の中にあった我が国の文化に秩序と確たる基礎を齎らすためには絶好の機会でもある。角川書店は、このような祖国の文化的危機にあたり、微力をも顧みず再建の礎石たるべき抱負と決意とをもって出発したが、ここに創立以来の念願を果すべく角川文庫を発刊する。これまで刊行されたあらゆる全集叢書文庫類の長所と短所とを検討し、古今東西の不朽の典籍を、良心的編集のもとに、廉価に、そして書架にふさわしい美本として、多くのひとびとに提供しようとする。しかし私たちは徒らに百科全書的な知識のジレッタントを作ることを目的とせず、あくまで祖国の文化に秩序と再建への道を示し、この文庫を角川書店の栄ある事業として、今後永久に継続発展せしめ、学芸と教養との殿堂として大成せんことを期したい。多くの読書子の愛情ある忠言と支持とによって、この希望と抱負とを完遂せしめられんことを願う。

一九四九年五月三日

角川文庫ベストセラー

恋は愚かと　姫は、三十一2
風野真知雄
赤穂浪士を預かった大名家で発見された奇妙な文献。そこには討ち入りに関わる驚愕の新事実が記されていた。さらにその記述にまつわる殺人事件も発生。右往左往する静湖姫の前に、また素敵な男性が現れて――。

君微笑めば　姫は、三十一3
風野真知雄
謎の書き置きを残し、駆け落ちした姫さま。豪商〈薩摩屋〉から、奇妙な手口で大金を盗んだ義賊・怪盗一寸小僧。モテ年到来の静湖姫が、江戸を賑わす謎を追う！　大人気書き下ろしシリーズ第三弾！

薔薇色の人　姫は、三十一4
風野真知雄
売れっ子絵師・清麿が美人画に描いたことで人気となった町娘2人を付け狙う者が現れた。〈謎解き屋〉を始めた自由奔放な三十路の姫さま・静湖姫は、その不届き者捜しを依頼されるが……。人気シリーズ第4弾！

鳥の子守唄　姫は、三十一5
風野真知雄
謎解き屋を始めた、モテ期の姫さま静湖姫。今度の依頼人は、なんと「大鷲にさらわれた」という男。一方、〝渡り鳥貿易〟で異国との交流を図る松浦静山の屋敷に、謎の手紙をくくりつけたカッコウが現れ……。

運命のひと　姫は、三十一6
風野真知雄
〈謎解き屋〉を開業中の静湖姫にまた奇妙な依頼が。長屋に住む八世帯が一夜で入れ替わった謎を解いてくれというのだ。背後に大事件の気配を感じ、姫は張り切って謎に挑む。一方、恋の行方にも大きな転機が⁉